A. D

LE TRIPODE

Littératures ■ Arts ■ Ovnis

Illustration de couverture
d'Estelle Ribeyre.

Sigolène Vinson

# LE CAILLOU

LE TRIPODE

*(Les choses à peu près)*

# LIVRE I
# MONSIEUR BERNARD

# * 1 *

Hier, j'avais un caillou dans la chaussure. Je ne l'ai pas retiré de la journée.

Quelqu'un frappe à ma porte. Sur le palier, des pompiers portent une housse d'exhumation. Dedans, un corps. La cage d'escalier est étroite, ils n'arrivent pas à prendre le virage. C'est la tête du mort qui cogne chez moi, dans un drôle de va-et-vient. La mer montante hésite à me le confier tout à fait, incapable de choisir le brisant sur lequel le lâcher, Charybde ou Scylla. Je fais ma plus belle grimace.

— C'est Monsieur Bernard ?
— Oui, me répond l'un des pompiers.

Je referme la porte et me plante dans mon entrée. Le crâne de Monsieur Bernard continue à se fracasser contre les rochers. Je grince des dents pour ne pas l'entendre. C'est la première fois que je vois un sac funéraire, c'est bien plus grand qu'un sac à vomi. Mais dégueulasse pareil. Enfin, je trouve. Monsieur Bernard est mort. Cela ne m'étonne pas, depuis trois jours qu'il se tait. D'ailleurs, c'est moi qui ai alerté les pompiers. Parce que j'étais inquiète et aussi parce que je ne voulais pas le laisser crever en paix. Je ne suis sûre de rien, mais je crois qu'il est mort de sa bonne mort. En tout cas, pas en bas âge. Sinon, les pompiers l'auraient porté d'une seule main. Je n'aime pas qu'on meure de sa bonne mort. Parfois, je me sens un peu fatiguée. Il doit me rester plus de quarante ans à vivre. Dehors, les bruits ont cessé. Les pompiers ont réussi à descendre le cadavre de Monsieur Bernard. J'aurais écrit ou hurlé : « Défense de passer » à ma porte, je n'aurais pas pu retenir mon voisin. Tout ça relève d'une vérité biologique.

* 2 *

Cela faisait quelques années déjà que je croisais Monsieur Bernard. Pour un voisin, je le trouvais plutôt sympathique. Il n'était pas raciste. Souvent les voisins sont racistes.

J'ai fini par délaisser mon entrée et me suis assise dans mon canapé. Le ciel est, par la fenêtre, morne et débile, à la limite borné. Tellement bas qu'il cache les galaxies qui ne sont pas solaires et les trous noirs qui absorbent les galaxies qui ne sont pas solaires. Je ne comprends pas trop l'univers ni la particule élémentaire, encore moins le boson scalaire. Quand je pense à tout ça, j'ai envie de me foutre de la gueule de l'Homme et de sa bite qui est toute petite. Pas de celle du singe, parce que le pauvre n'y est pour rien. L'animal ne peut pas répliquer, il ne sait pas rire, à cause de ce fichu un pour cent de séquence ADN qui nous différencie. Monsieur Bernard est mort. Il n'était pas la répétition stupide du voisin parisien, mais celle triste de la vieillesse. Toujours seul. Aucune visite. Un peu comme moi qui suis encore jeune. Notre vraie rencontre remonte à trois mois seulement. Il était deux heures du matin. Je dormais. Monsieur Bernard a sonné à ma porte. Le cul à l'air, je suis allée lui ouvrir. La plupart du temps, je m'habille de simples tee-shirts, sans rien en dessous. Blancs, avec des inscriptions. Celui-ci m'arrivait à mi-cuisses. Faut pas déconner non plus. Monsieur Bernard était très désolé.

— Excusez-moi de vous déranger à une heure si tardive, mais j'ai perdu les clefs de mon appartement.

Que pouvais-je y faire ? Téléphoner à une serrurerie à deux heures du matin ? Hors de question. Les difformités que laissent entrevoir la nuit et le noir testent notre humanité. Je ne m'oppose pas à cette épreuve et laisse chacun se démerder avec. Je considère qu'un serrurier d'astreinte n'a pas à y échapper. Trop facile de suer sur une porte pour faire passer les heures d'après minuit et oublier que la mort se tient en embuscade.

— Vous avez bien regardé dans vos poches, votre sacoche ?
— Oui.
— Laissez-moi voir.

Monsieur Bernard m'a suivie dans mon salon. Je lui avais pris sa serviette en cuir des mains. Elle dégageait une odeur de mer, la mer quand elle pue. « Amateur de poissons ? » me suis-je demandé. J'aime les mangeurs de poisson, je les imagine toujours à la barre d'une barque. Les ombres que les pêcheurs affrontent dans la nuit sont encore plus terribles que les nôtres. La sacoche de Monsieur Bernard était vide, entièrement vide. Enfin, il y avait bien une serpillière trempée et dégueulasse tout au fond, avec des traces marron. C'était elle qui puait la créature marine crevée.

— C'est des restes de terre glaise, m'a-t-il confié. Vous voyez, je vous avais bien dit que mes clefs n'étaient pas là-dedans.
— Bon, refaites le chemin à l'envers. D'où venez-vous ?

— De l'aéroport. J'ai pris un taxi qui m'a déposé en bas.
— Comment êtes-vous rentré dans l'immeuble ?
— Avec mes clefs.
— Vous vous foutez de moi, vous ne les avez quand même pas perdues entre le hall et le deuxième étage ?
— Je n'en sais rien. Je peux dormir chez vous ? Il est tard.
— Venez, on descend. Vos clefs sont forcément quelque part.

Je n'ai pas mis de culotte, mon tee-shirt était suffisamment décent. Dans le hall d'entrée, j'ai trouvé le trousseau de clefs de Monsieur Bernard sur sa boîte aux lettres. Je l'ai retiré et le lui ai tendu. Sans colère ni exaspération. Comme on tend un trousseau de clefs ou autre chose. Même s'il était deux heures du matin.

— C'est mon voyage qui m'a fatigué, pardonnez-moi.

Chacun est ensuite rentré chez soi. Dans mon lit, je me suis dit : « Merde, Monsieur Bernard est atteint d'Alzheimer ou alors, il est sénile. » Au fond, c'est bien utile d'avoir un petit vieux qui perd la boule sous la main, on peut prendre la mesure de l'inévitable et verser dans le pessimisme sans aucune obscénité. La sonnerie a de nouveau retenti. Cette fois, j'ai gueulé un peu : « Putain, vous faites chier, Monsieur Bernard ! »

— Excusez-moi encore, je voulais juste vous préciser que malgré les circonstances je n'ai ni Alzheimer ni aucune autre maladie dégénérative. C'est vraiment la fatigue ou alors, de l'autodérision. Je vous attends chez moi à dix-sept heures, je vous préparerai un bon goûter.

De l'autodérision ? Monsieur Bernard est mort. Peut-être qu'au final, c'est drôle.

## * 3 *

Je me lève de mon canapé et m'approche de la fenêtre. C'est bien ça, le ciel est moche. Curieux pour un mois de mai. Je presse mon nez retroussé contre la vitre, ma face devient groin de cochon, la métamorphose que je préfère. Elle nécessite peu de moyens, elle est surtout réversible. Ça m'emmerderait d'être un gros porc ou une grosse truie pour toujours, mais pour quelques secondes, ça me fait du bien. Je me demande ce que va devenir le corps de Monsieur Bernard. Personne pour dire quoi en faire. À la fin, sûrement, il sera mangé par les vers. Sinon, c'est qu'on l'aura brûlé.

À dix-sept heures, je me suis rendue chez lui comme il me l'avait demandé. Tout était en bordel dans son appartement. Des papiers traînaient partout par terre et des piles de livres d'histoire de l'art montaient jusqu'au plafond. Ses murs sentaient comme l'intérieur de sa sacoche, la mer en furie.

— Vous mangez souvent du poisson ?

— Non. Pas plus souvent que vous, j'imagine. Ça schlingue chez moi, c'est ça ? Vous avez raison, je suis vieux et ça sent le vieux.

Pour tout goûter, il m'a servi un jus d'orange. Des plaques de moisi flottaient à la surface. J'ai bu le verre d'une traite pour ne pas le froisser. Déjà que je venais de lui dire que son appartement sentait fort la marée. Je n'ai pas vomi tout de suite, mais trois heures plus tard. Tranquillement, chez moi. Sur la table de son salon, la plupart des papiers étaient des ordonnances médicales.

— Vous êtes sûr que vous n'avez pas la maladie d'Alzheimer ?

— Sûr, je suis seulement malade du cœur. Ça vous arrangerait bien que je débloque... Mais j'ai toute ma tête.

— Excusez-moi, vous me réveillez à deux heures du matin parce que vous avez perdu vos clefs alors qu'elles sont suspendues à votre boîte aux lettres, vous vous baladez avec une serpillière et vous me servez un jus d'orange périmé…

— Je suis parti trois semaines, il était dans mon frigidaire, j'ai cru qu'il était encore bon. Pourquoi l'avez-vous bu ?

— Je l'ai bu pour vous faire plaisir. Vous, vous pensiez qu'il était encore bon parce que vous êtes gâteux.

— Vous avez vraiment besoin que je sois fou, hein ? Il faut que vous sachiez, la dernière fois, j'ai surpris la concierge en train d'arroser les plantes de la cour alors qu'il pleuvait. Les gens font comme ils peuvent avec la vie. Arroser des plantes sous la pluie ou se balader avec une serpillière dans une serviette en cuir, c'est un moyen de tenir. Parce qu'il faut quand même bien qu'on tente d'aller jusqu'au bout. Vous-même, je suis sûr que vous avez des trucs pour ne pas sombrer.

Je n'ai pas osé lui dire que j'écrasais mon visage contre les vitres pour accéder à un niveau de conscience supérieur et guetter l'annonce du large. Je savais qu'il existait des choses moins débiles pour tenir, comme se marier, enfanter ou travailler. Mais je trouvais plus facile de m'étourdir en me frappant la tête contre le verre, en déformant mes traits dans l'attente d'une heure nouvelle. Incapable de révéler à Monsieur Bernard ma manie autodestructrice, j'ai abordé un autre sujet.

— Vous étiez où ces dernières semaines ?
— En Corse. Tous les deux mois, je vais là-bas.
— Vous êtes corse ?
— Non, sinon je me serais appelé Monsieur Bernardini.

J'ai rigolé. Il m'a regardée profondément.

— Vous avez un joli visage.
— Ah bon ?
— Vous permettez que je prenne des mesures ?

Il s'est dirigé vers le tas de papiers près de sa cheminée. De dessous, il a tiré un mètre ruban. Très concentré, il m'a mesurée. Du haut de mon front au commencement de mon nez, de ma pommette à ma mâchoire, il a tout noté dans un carnet.

— Ces dernières années, je vous ai beaucoup observée. Votre façon de descendre vos poubelles ou de récupérer votre courrier. Pour les mesures, et à vue d'œil, je ne m'étais pas trop trompé.

— Mais c'est dégueulasse d'observer ses voisins à la dérobée !

— Taisez-vous et reprenez un peu de jus d'orange. Ah non, j'oubliais, il n'est plus bon.

Il a pris la bouteille et s'est dirigé vers la cuisine. Quand je l'ai vu ouvrir la porte de son réfrigérateur, je l'ai arrêté.

— Il ne faut pas remettre ce jus au frais, il faut le jeter.

— Mon frigo est une poubelle. J'y entasse les produits périmés jusqu'à ce que je décide de tout descendre au local.

Les grilles du frigidaire étaient recouvertes de moisissures. La porte, badigeonnée de jaune d'œuf. Encore une fois, j'ai jugé utile de changer de sujet. Je pensais faire retrouver à Monsieur Bernard le goût de la réalité, j'oubliais que mon langage n'avait de sens que pour moi. Depuis quelque temps, je vivais recluse, et mon vocabulaire s'était appauvri, ma syntaxe réduite à la plus simple expression, comme si la solitude m'avait rendue aphone. Les sons qui sortaient de ma gorge étaient ceux de l'Homme placé à l'isolement ou alors, ceux d'un enfant sauvage que seule la nécessité, la faim en un mot, pousse à s'exprimer. D'ailleurs, c'est encore de cette façon que je me manifeste, par une sorte de grognement sourd et brusque. J'ai perdu l'intelligence commune pour développer une science propre qui ressemble à de la bêtise. En me contentant de petits bruits, j'imagine que la vie passera sans m'apercevoir, qu'elle m'épargnera ce qu'elle n'épargne à personne.

— Qu'est-ce que vous faites en Corse tous les deux mois ? ai-je demandé à Monsieur Bernard.

— Je m'offre une chambre d'hôte et je prends l'air.

L'explication était courte. Mais valable. Compte tenu de la puanteur de son appartement, je comprenais qu'il veuille se barrer. Je suis retournée dans son salon et j'ai feuilleté ses manuels d'histoire de l'art.

— Vous étiez professeur avant ?
— Avant quoi ? Avant d'être vieux ? Et vous qui êtes jeune, vous êtes quoi au juste ?

Monsieur Bernard devait bien savoir que je passais mes journées chez moi à ne rien foutre, comme un naufragé sur une île déserte qui attend les secours, mais refuse de grimper dans le bateau qui vient le chercher, parce que les humains déjà ne l'intéressent plus.

— Je suis au chômage. Parfois, je suis serveuse dans un bar, le Saint-Jean, rue des Abbesses. Je suis embauchée en extra.
— Vous avez fait des études ?
— Oui, très longues.
— Vous rêviez d'exercer un métier en particulier ?
— Non, aucun. En vrai, je souhaite devenir un caillou.

Voilà, je voulais donner de la consistance à notre échange et je faisais mon numéro. On a le droit de vouloir devenir un caillou, pas de le dire. Ça regarde qui, nos faiblesses ? Minérale, granitique, chateaubriandesque sur la mer, pour ne plus avoir peur. Il a pris ma main et l'a caressée.

— Vous deviendrez un caillou, croyez-moi. Sinon, pour répondre à votre question, avant d'être à la retraite, je travaillais à l'Imprimerie nationale, à la fonte des caractères. Ça laisse rêveur, pas vrai ?

Il est allé chercher des plombs avec des lettres frappées sur le dessus. Je commençais à avoir le ventre qui partait en vrille à cause de son jus d'orange à la con. Sûrement que ça laissait rêveur, mais j'avais très envie d'aller aux toilettes. Je lui ai dit que j'avais passé un bon moment. Il m'a répondu : « À demain à la même heure. » Je suis revenue tous les après-midi. Jusqu'à il y a trois jours où il n'a pas répondu à mon coup de sonnette.

Le ciel est blanc. Monsieur Bernard va me manquer. Je vais redevenir seule. Ce ne sera plus assez de m'aplatir contre une vitre.

* 4 *

Monsieur Bernard est mort depuis deux semaines. Je n'ai toujours pas cherché à obtenir un emploi régulier. La paresse n'est pas en cause. Quand je suis de service au Saint-Jean, je ne rechigne pas. Je fais la plonge et je nettoie les sanitaires. C'est le salaire qui me fait peur. Je ne sais jamais comment négocier ce prix de la force de travail qui doit permettre à chacun d'exister. Pour la plupart des gens, le truc pour tenir est là, dans le lien de subordination salariée. De tous les genres humains, ce sont les travailleurs que je préfère. En dehors d'eux, personne ne résiste. Heureusement, ils sont des millions. Avec ses plombs de l'Imprimerie nationale, Monsieur Bernard est arrivé à vivre soixante-quinze ans sans manifester le moindre signe de renoncement ou de capitulation. Bon, il y avait bien cette serpillière mouillée dans sa sacoche. Mais s'il se trimballait avec, c'était justement parce qu'il avait cessé de travailler. Il m'a raconté comment la machine à fondre les caractères de l'Imprimerie nationale était joyeuse malgré son bruit assourdissant. À coup férir, il était assigné à la même lettre, frappant la voyelle O. Il me disait : « J'étais à l'oméga. » Je comprenais qu'il parlait de l'univers des possibles, parce que c'est ce que représente le fer à cheval en probabilités, l'absolu au bout du poinçon.

Pendant que je vidais son frigidaire, il malaxait de la terre glaise sur sa table de cuisine. Son carnet, celui où étaient inscrites les mesures de mon visage, était ouvert à côté de lui. Je voyais bien qu'il me faisait. Les yeux fermés, comme s'il répétait un geste ancestral.

— En Corse, vous allez toujours au même endroit ? lui ai-je demandé.
— Oui.
— Où ça ?
— À Cala d'Orzu, sur la commune de Coti-Chiavari.
— Ça veut dire quoi, Coti-Chiavari ?
— On s'en fout de ce que ça veut dire.

Ses mains dégoulinaient par terre. De son pied enfoncé dans un chausson, il passait la serpillière sous la table. J'ai replongé dans mon verre de jus d'orange. Il m'avait acheté des bouteilles fraîches. J'ai sursauté quand il a abattu son poing sur mon portrait. Par une sorte de fusion, mon visage est devenu une flaque saumâtre. Ce n'était pas pour me déplaire.

— Il faut pourtant que j'y arrive !

Il s'est levé en renversant sa chaise. La serpillière était toujours accrochée à son pied et laissait des traces sur le linoléum. À chacun de ses mouvements, des remugles de grandes marées et de vives-eaux d'équinoxe montaient à mon nez. Dans le salon, il s'est saisi d'un livre sur la sculpture romantique et en a tourné les pages avec frénésie. Me sentant inutile, comme j'aime, j'ai rincé mon verre et je suis rentrée chez moi.

Le propriétaire de son appartement est enfin arrivé. Monsieur Bernard n'ayant aucune famille, même éloignée, il est chargé du déménagement. Je lui ai proposé mon aide. Quand il pousse la porte de chez Monsieur Bernard, l'odeur du monstre aquatique le fait reculer d'un pas.

— Putain, qu'est-ce que ça pue ! C'est quoi ?
— De l'humidité. Vous devriez peut-être envisager des travaux d'aération.

Il ouvre toutes les fenêtres. L'odeur est dans les murs, pas dans l'air. Elle ne partira pas si facilement. Je pense qu'il faut tout repeindre. Il me tend un sac-poubelle.

— Tenez, on va d'abord jeter les papiers.
— Même les ordonnances ?
— Surtout les ordonnances. J'ai appris par son médecin que depuis trois mois, Monsieur Bernard refusait de prendre son traitement.
— Ah bon ?
— Oui, c'est comme ça, il s'est tué.

Monsieur Bernard s'est suicidé. En fait, il n'a pas tenu jusqu'au bout. J'aime bien les vieux quand ils se suppriment, parce qu'ils reprennent leur vie en main. Pas comme moi qui ne suis pas un exemple à suivre. Je froisse les ordonnances et les fourre dans le sac-poubelle. Le propriétaire a rassemblé tous les ouvrages sur l'histoire de l'art.

— Ça vous ferait plaisir de les avoir ?
Je fais signe que oui. Des livres comme ça, quelle aubaine. Je ne ferai d'autant plus rien de mes journées que je regarderai les images, apprendrai les mots et le nom des sculpteurs. À l'issue de cette étude, je m'exprimerai comme avant

ma traversée du désert. Ceux qui dans la vie prennent le parti de l'ennui partent toujours pour les étendues infertiles. Moi, le désert, je l'ai vu passer sous ma fenêtre. Une fois, j'ai même chopé une conjonctivite.

Le propriétaire me dit :

— Je suis allé à la crémation. Ses cendres ont été répandues sur la pelouse funéraire du Père-Lachaise.

J'ignorais que Monsieur Bernard avait finalement été brûlé. C'était la meilleure solution. La moins coûteuse. Je me demande si un représentant de l'Imprimerie nationale s'est présenté. Je récupère la boîte où sont les plombs. Il ne manque aucune lettre de l'alphabet. Certaines sont en double.

— Je peux garder ça aussi ?

Le propriétaire regarde à l'intérieur de la boîte, il me précise que ce ne sont pas des plombs d'imprimerie, mais des munitions. Tiens, Monsieur Bernard avait une arme à feu. Pourtant, il a choisi de ne pas se tirer de balle dans la tête. Le propriétaire ne s'oppose pas à ce que je les prenne. De toute façon, rien ne lui appartient ici. Le notaire lui a dit de tout donner aux associations caritatives. Je le vois feuilleter le carnet où mon visage s'exprime en centimètres, du haut de mon front au commencement de mon nez, de ma pommette à ma mâchoire. Il s'arrête sur une page et me la montre. C'est un dessin de moi. Il tourne encore d'autres pages.

— Dites donc, il n'était pas un peu amoureux de vous, Monsieur Bernard ?

— Non, je ne crois pas. Quand nous nous sommes rencontrés, il a même voulu m'empoisonner.

— Les plus grands amants s'empoisonnent. Regardez ce dessin, vous descendez les poubelles. D'après la date inscrite, il a été réalisé il y a plus de deux ans.

Je lui arrache le carnet des mains : moi, partout moi. Devant ma boîte aux lettres, tenant la porte d'entrée à Madame Vallé, notre voisine du dessous, quand elle pouvait encore marcher. Je ne savais pas que Monsieur Bernard se consacrait autant à mon portrait et, surtout, depuis si longtemps. Tout est axé sur mon visage et son expression. J'ai un léger double menton, un renflement au niveau du cou. Une carte tombe du carnet :

**CHEZ FÉLIX**
*CHAMBRES D'HÔTE, CALA D'ORZU*
*CORSE DU SUD – 04 45 67 80 86*

— Finalement, on s'y fait à cette odeur ! s'exclame le propriétaire.

On s'y fait, c'est la même odeur que sur un bateau lorsqu'on sort le foc de son coffre. La voile libère les fumets d'un filet de pêche chargé de poissons pourris. Monsieur Bernard prenait le large, une serpillière, des munitions et un carnet rempli de croquis de moi dans sa sacoche. Il avait sûrement ses raisons.

# * 5 *

En deux jours, le propriétaire et moi avons rempli tous les cartons. J'ai conservé les livres d'histoire de l'art, la boîte de plombs, le carnet avec la carte de visite de Félix qui est corse et une photo de Monsieur Bernard. Sur ce cliché en noir et blanc, il a une trentaine d'années. Il est blond et ses yeux sont clairs. Pas du tout comme je l'ai connu, le visage fripé et les paupières tombantes. Je l'envie d'avoir réussi à changer de peau, d'être passé du garçon au vieillard. Un jour, je me transformerai pareil et deviendrai l'égale de l'Homme. Quand mon cou disparaîtra dans mon double menton, je serai vieille et j'aurai des histoires à raconter. Mais peut-être que ce n'est pas si important d'avoir quelque chose à dire. Pourvu que ma nuque se tasse, que mes chairs à l'intérieur se resserrent et que mes cordes vocales s'atrophient. Alors, je demanderai aux singes de m'apprendre la langue des signes. En refermant l'appartement, le propriétaire m'a dit :

— Je crois que vous avez raison, je vais faire des travaux, tout rénover et louer à des jeunes. Je ne veux plus qu'on meure chez moi.

— Mais les jeunes meurent aussi.

— Je sais bien, la jeunesse passe. Quoi, vous voulez encore qu'un vieux vienne s'effondrer sur votre paillasson ?

Pas sûre que je veuille. C'est un caillou que j'attends de devenir, pour ne jamais me désennuyer. Je regarde les livres sur la sculpture, ces pierres auxquelles les hommes ont décidé de donner forme humaine, les imbéciles. Monsieur Bernard a annoté les pages relatives aux techniques par lesquelles on accouche de *Captifs* ou de *Psyché aimée de l'Amour même*. Il est écrit que certains sculpteurs pratiquent la taille directe. Cependant, la plupart passent par le modelage et le report. Monsieur Bernard était de ceux-là, d'où la terre glaise sur sa table de cuisine, qui n'était qu'un brouillon. Pour quelle œuvre plus grande ? Un après-midi où il était parvenu au bout de mon portrait, je lui ai posé la question.

— Il est peut-être temps que vous me passiez au four, non ?
— Parce que tu crois que je vais te figer là.

Sans prévenir, il était passé au tutoiement. J'ai continué à lui dire vous.

— Je n'en sais rien et je ne comprends pas ce que vous fabriquez ni pourquoi vous m'avez choisie pour modèle.
— Madone…
— Madone, mon cul ! Je n'ai pas l'ovale parfait, je n'ai même pas d'ovale du tout.
— C'est parce que la matière à laquelle je te réserve refuse les rondeurs. Elle est effilée et escarpée comme toi. Les mêmes angles et les mêmes arêtes, pommettes hautes et joues creuses. Maintenant, tais-toi, ce n'est pas comme ça que tu deviendras un caillou.

Je me suis tue et je l'ai regardé écraser son travail de l'après-midi, à cause du menton qui était trop proéminent et qui ne me ressemblait pas. Il s'est approché de moi les mains pleines de terre et s'est essuyé sur mon visage, me bouchant presque les narines. J'ai cru qu'il voulait réaliser le moule de mon masque funéraire. Soudain, il avait des yeux de tueur.

— Arrêtez, vous allez m'étouffer !
— Je m'en fous, je veux réussir.

Il était vieux et son cœur, malade. La rigidité cadavérique l'avait presque gagné, j'ai pourtant réussi à le faire plier et se rasseoir. Je reprends son carnet de croquis et m'attarde sur ce dessin où je tiens la porte à la voisine du dessous. Ça remonte à loin maintenant. Depuis un an, Madame Vallé ne sort plus de chez elle, une aide à domicile lui monte ses courses. Elle a une maladie, l'éléphantiasis, qui est un problème lymphatique. J'imagine qu'un jour prochain, elle suivra la route du cimetière des éléphants. La mort volontaire, celle qu'on se donne quand le moment est venu de dire au revoir parce qu'il n'y a plus rien à voir. Comme Monsieur Bernard qui ne s'est pas tiré de balle dans la tête mais qui a choisi de mourir quand même. Il accordait beaucoup de soin à ses dessins, son projet devait être immense. Je veux en connaître le support. La carte de Félix est posée sur ma table basse. La Corse tous les deux mois. Je sais bien qu'il y a des rochers sur cette île.

## * 6 *

Au moment où je pose la main sur mon téléphone pour appeler Félix qui m'est un parfait inconnu, parce qu'il est corse et pour bien d'autres raisons, la sonnerie retentit. Je conserve mon abonnement téléphonique par souci de mes parents et de certains de mes amis qui le sont restés. Parfois, ils viennent aux nouvelles. Je vais rarement aux leurs. À l'âge que j'ai, mes parents ne savent plus quoi me conseiller. Ils m'ont rangée du côté des terroristes politiques. À la télévision, ils ont entendu parler de la décroissance et confondent mon désir d'ennui avec un manifeste antiproductiviste. Alors que moi, si je devais m'intéresser à l'économie, mon seul souci serait le salaire, et je ne dépasserais pas Marx. La dernière fois que ma mère m'a téléphoné, elle voulait savoir si j'étais un peu plus serveuse que d'ordinaire. Elle n'a rien laissé paraître quand je lui ai appris que je le demeurais tout juste comme il fallait. Mes parents habitent à Autun. À leur retraite, ils sont partis vivre là-bas et je ne sais toujours pas pourquoi. Peut-être pour la maison avec le jardin et les restes de Rome. Mon père aussi aime les pierres, mais les vieilles, celles qui se visitent, pas celles qu'on a dans la chaussure. Je me rends chez eux deux fois par an. Ils ne parviennent pas à déterminer à quel moment ils ont merdé avec moi. Je leur affirme qu'ils ne sont en rien responsables de ma mise en quarantaine, que ma solitude est l'hérédité de l'Homme, pas la leur. Ils se prennent la tête entre les mains, persuadés qu'ils ont failli quelque part. Je leur souris pour les rassurer, mais ça ne les trompe pas. Mon père me dit que c'est un sourire de singe.

Je décroche. Ma mère est à l'autre bout de la ligne. Tout de suite, elle sent que quelque chose ne tourne pas rond, en plus de tout ce qui déjà ne tourne pas rond chez moi. Je lui apprends que mon voisin est mort, que sa tête est venue frapper à ma porte et que je trouve les housses funéraires très obscènes. Elle ne retient qu'une seule chose de ce que je lui raconte, Monsieur Bernard me dessinait. Quelqu'un s'intéressait à son enfant, quelqu'un dressait son portrait, pas pour un avis de recherche après disparition ou pour terrorisme politique, non, parce qu'il trouvait son visage digne d'être représenté. Elle me demande si j'en ai récupéré des exemplaires et si je peux lui en donner un. Tandis qu'elle me parle, je tourne les pages du carnet de Monsieur Bernard. Je choisis celui sur lequel je lui ressemble le plus et promets de le lui envoyer par la Poste. Elle sera contente de se reconnaître, car je comprends bien que c'est aussi ça qui lui fait défaut, ne pas se reconnaître en moi. Je mets l'hérédité humaine en avant et elle s'imagine que je renie son ventre. Avant de raccrocher, je lui confie que j'ai dans l'idée de partir quelques jours en Corse. Je l'entends renifler et pleurer. Pour elle, c'est le premier signe de vie que je donne depuis bien longtemps. Le dernier qu'elle a perçu, c'est le cri que j'ai poussé en venant au monde. Elle oublie qu'enfant, je riais tout le temps et embrassais le bonheur commun. Ce n'est que plus tard que j'ai eu des vues nouvelles, d'abord celle d'un désert sous ma fenêtre, et depuis peu, celle du large.

* 7 *

Mon dernier relevé de chômage indique : « 803,40 € ». Mes extras au Saint-Jean font que je dois disposer d'à peu près mille trois cents euros sur mon compte. Dans ma poche, j'ai aussi mes pourboires. Comme je passe la majeure partie de mon temps à regarder le ciel et à rêver que je prends la mer, je ne dépense pas beaucoup d'argent. Maintenant que je lis des manuels d'histoire de l'art, je n'ai pas fini de ne servir à rien à l'économie du pays. Au fond, mes parents ont peut-être raison, je suis une terroriste. Au lieu de croître, je décrois et je fous le système en l'air. J'aime bien les sculptures des petits pêcheurs napolitains qui sont en photo dans le livre sur le romantisme ouvert sur ma table. Ils portent des boucles d'oreilles. Moi aussi, j'ai les lobes percés, mais je ne mets pas de bijoux, cela va mieux aux garçons. Aux femmes, ça donne un air trop viril, ça fait : « Je peux me battre ou me perdre pour de l'or. » Les petits pêcheurs ont un bonnet tricoté sur la tête qui cache leurs mèches bouclées. De la laine en plein cagnard, c'est leur manière de tenir, comme la concierge qui arrose les plantes sous la pluie. Ils rient sur les rochers de la côte amalfitaine, démêlant leurs filets. L'un d'eux se gratte le crâne sous sa coiffe déformée par le sel et le soleil : « Tous ces fils emberlificotés ! Comment faire ? » Un autre joue des castagnettes parce qu'il n'a pas la patience de défaire des nœuds. Quand je vante l'ennui, c'est celui des petits pêcheurs d'en dessous du Vésuve, qui est un art.

En jetant les papiers de Monsieur Bernard avec le propriétaire de son appartement, je suis tombée sur ses documents bancaires. Le montant de sa pension de retraite y était inscrit, mille euros net. C'est comme ça qu'il a pu vivre jusqu'à soixante-quinze ans, sans avoir trop peur.

La chose aurait été plus compliquée s'il n'avait pas eu ses annuités, il aurait perçu l'allocation vieillesse qui n'est pas une manifestation de vie, mais une mesure d'accompagnement. Sur ses relevés, j'ai aussi appris son prénom, il n'est constitué que de deux initiales, P.E.

Un jour, il a fini par m'acheter du jus de pomme. D'après lui, il y avait trop de vitamines dans les oranges. Il préférait que je continue à me taire. J'exprimais trop difficilement ma pensée. Ça lui était désagréable à l'oreille. Depuis que je suis plongée dans ses livres, je m'en sors mieux. Je retourne au monde.

— Dès que tu ouvres la bouche, tu t'éloignes de moi, m'a-t-il balancé.

— Qui vous dit que j'ai envie de me rapprocher de vous ?

— Tu vois, c'est exactement ça : tu parles et tu perds de ton intérêt.

— Vous faites chier, Monsieur Bernard !

— Tais-toi, j'ai besoin que tu restes intéressante. Je t'ai choisie pour modèle, je te rappelle. Tu veux devenir un caillou ou pas ?

— Mais c'est cette terre glaise qui se transforme en moi, pas l'inverse ! En plus, vous finissez toujours par m'aplatir d'un coup de poing énervé. C'est quoi, l'idée ?

— De faire quelque chose de sa vie.

Je l'ai regardé longuement, il traçait l'un de mes yeux, en amande. Tellement pas ressemblant que c'était à mourir. Il a repris la parole.

— Tu es déjà vieille de toute façon. Tu te crois jeune parce que tu as décidé de ne pas faire comme les autres, d'occuper des emplois précaires, de ne pas avoir d'enfant. Mais tu vieillis de la même façon, un pli au coin des lèvres. Et est-ce que tu m'as bien regardé, j'ai fait des choix parfois équivalents aux tiens et aujourd'hui, j'ai pourtant soixante-quinze ans…

Il a continué à me faire les yeux bridés et j'ai compris qu'il réalisait mon portrait dans quarante ans. Mes paupières n'étaient pas chinoises mais closes, ma lèvre supérieure repliée sur mes dents, mon inférieure lâche et baveuse, emportée par un menton fondu dans le cou. Monsieur Bernard était-il arrivé au bout de son projet ? Aucune projection de moi ne serait jamais plus fidèle.

— Mais tu vois, même usée, tu es belle.

Le con, il a réussi à me faire rire.

— Pourquoi êtes-vous seul ? lui ai-je demandé.
— Parce que j'ai eu beaucoup d'aventures, parce que j'ai aimé beaucoup de femmes. Et toi ?
— Je suis seule parce que j'aime un client du bar pour lequel je fais des extras. Vous l'avez peut-être croisé, il est venu chez moi… une fois.
— Non, je n'ai jamais vu personne entrer dans ton appartement et je ne te vois en sortir que pour descendre tes

poubelles, a-t-il dit en laissant tomber un poing las sur mon crâne de vieille dame.

Il a pétri la terre jusqu'à en faire une boule. Sa serpillière traînait par terre, il l'a récupérée et a enroulé la glaise dedans. Posée sur la table, elle ressemblait à un morceau de granit, grise à l'identique. Le genre de rocher sur lequel je veux m'asseoir, parce que tous ceux qui attendent « autre chose », quand ils ne traversent pas un désert, ont besoin d'une pierre sur la mer.

J'ai consulté les dépenses de Monsieur Bernard en Corse. Visiblement les tarifs de « Chez Félix, chambres d'hôte » varient selon la saison. La carte de visite est sur ma table, à côté du manuel sur le romantisme. Je prends mon téléphone et compose le numéro. Félix me répond, il a un fort accent corse et c'est sûrement permis. Je lui demande le prix d'une chambre et s'il y a de la place. Il me dit que c'est cinquante euros la nuit et qu'il peut tout de suite noter mon nom sur le registre. J'ai à peu près mille trois cents euros d'avance sur mon compte.

# * 8 *

J'ai comparé le prix de la traversée en bateau à celui des avions. Le bateau est moins cher. Mais pour prendre le bateau, il faut d'abord aller en train jusqu'à Marseille et le train n'est pas donné. Du coup, j'ai opté pour Air France. Je rêve de recevoir des embruns en pleine figure et quand l'occasion se présente, j'ai le mal de mer. Mon incapacité à devenir matelot n'a rien à voir avec l'insuffisance de mes ressources financières. Le marin vit toujours pauvrement et embarque les mains vides. La vérité, c'est que j'ai une dent contre l'eau. C'est la matière qui nous a fait naître, c'est l'élément dont nous sommes sortis, or je n'ai jamais demandé à l'Homme de venir au monde. Je pars dans trois jours et je ne sais toujours pas quoi mettre dans mes bagages, en dehors de deux manuels de Monsieur Bernard. Durant l'un de nos après-midi, il m'a expliqué l'histoire des *Chevaux de Marly*, qui avant d'être les *Chevaux de Marly* étaient deux groupes sculptés de Coysevox, l'un représentant Mercure à cheval sur Pégase, l'autre la Renommée, elle aussi à cheval sur Pégase. Des sculptures réalisées d'un seul bloc, tandis que les *Chevaux de Marly* par Coustou, non. Ça avait l'air important pour Monsieur Bernard, il vouait une admiration sans borne à ceux qui, comme Michel-Ange, n'avaient besoin que d'un fragment de marbre pour accomplir leurs œuvres. Avec des morceaux rapportés, il disait : « On crée des monstres. » Mais les monstres sont jolis quand ce sont des satyres qui troussent des bacchantes. J'avais le nez sur une sculpture de Pradier, alors c'était facile de la ramener.

— Vous vivez un peu en philosophe, pas vrai ? lui ai-je dit.
— Non, je vis en retraité de l'Imprimerie nationale. Vivement que tu sois un caillou pour que tu la fermes enfin.

Il souhaitait évidemment que je l'interroge.

— Quelle est la matière à laquelle vous me réservez ? Pas à du marbre, hein ? Sinon, j'aurais l'impression d'être morte.
— Pas à du marbre, à une roche sortie de la mer ou rentrant en elle. Je n'arrive toujours pas à savoir si les récifs sont expulsés de l'eau ou s'ils y plongent. Sinon, un jour, il faudra bien que tu consentes à mourir.
— C'est à cause de toutes ces lettres que vous avez fondues que vous en avez tant ? Des lettres, je veux dire.
— Combien de fois t'ai-je répété que j'étais au service exclusif du O ?
— Oui, je sais : l'oméga, le champ des possibles.
— Pas le champ, l'univers.
— La machine à fondre ne vous a pas rendu sourd ?
— Non, mais j'aurais aimé.

Il a refermé son livre et m'a frappé la tête avec. Pas très fort. Juste assez pour me faire comprendre que j'étais féroce et que je ne perdais rien pour attendre, mon tour viendrait. Moi aussi, tôt ou tard, je serais vieille. Je l'étais déjà un peu.
— C'est beau la Corse ? lui ai-je demandé.
— Très.
— Et les Corses, ils sont comment ?
— Soumis aux mêmes lois que nous. Leur régime de

succession a été révisé, il ne subsiste plus aucune rupture d'égalité entre les insulaires et les gens du continent. En gros, ce sont tes frères.

— C'est vrai qu'ils ont des armes ?

— Oui, pour mourir plus vite.

Monsieur Bernard aussi avait une arme. Il préparait un mauvais coup : il s'est tué. Mais pas avec. Les détonations font un bruit de mer, quand les galets sont roulés par les vagues. De mon appartement, j'aurais entendu le vent se lever et je me serais jetée dans la tempête. Alors j'aurais sauvé Monsieur Bernard. Seulement, il ne voulait pas.

Dans mes bagages, j'ai mis deux jeans et six tee-shirts. J'emporte aussi la photo de Monsieur Bernard, pour pouvoir la montrer et remonter sa piste. Même si dessus, il est blond aux yeux clairs. Je dois descendre m'acheter des produits de toilette, j'ai pris ça en compte dans mon budget. Au premier étage, la porte de Madame Vallé est ouverte. Elle entend mes pas dans l'escalier. Comme chaque fois, elle m'interpelle.

— C'est vous ?

Je suis bien obligée de répondre oui, parce que si ce n'est pas moi, c'est qui ?

— Oui, Madame Vallé, c'est moi.

— Rentrez un peu.

Dans les cirques, on voit des éléphants assis sur des plots. Là, c'est pareil. Et je me demande comment Madame Vallé pourra un jour se relever de sa chaise pour rejoindre son cimetière. Sa maladie a encore empiré depuis la dernière fois que je l'ai vue, ses jambes ont doublé de volume. Certaines personnes ont des chiens ou des chats ou des poissons rouges chez elles. Moi, j'ai un éléphant. Je devrais être contente puisque c'était l'animal favori d'Aristote. Mais comme je ne suis pas philosophe, je me retrouve simplement désolée pour ma voisine. Elle dit qu'il existe une opération chirurgicale qui pourrait la sauver, une intervention très risquée en raison d'une tumeur située près d'un gros vaisseau. Pour la divertir, je lui demande si elle a entendu parler de ce type qui a volé les défenses de l'éléphant de Louis XIV au Muséum d'histoire naturelle. Elle me regarde d'un air pincé.

— En quoi ça m'intéresse ?

Elle ne sait pas qu'elle ressemble à un pachyderme. Pour elle, elle est juste atteinte de filariose lymphatique, qui est un mal très humain. Parce qu'on n'a jamais vu un éléphant en souffrir. Je passe à autre chose.

— Vous savez, demain matin, je pars pour quelque temps.
— Ah… Déjà que Monsieur Bernard est mort. Mais vous allez revenir, n'est-ce pas ?
— Je pense.
— Oui, vous êtes encore jeune. Alors, vous reviendrez.

Oui, je suis encore jeune. Alors, je reviendrai.

* 9 *

Au supermarché, je ne mets pas que mes produits de toilette dans le panier. Madame Vallé m'a donné sa liste des courses. C'est pour cette raison qu'elle m'a invitée chez elle tout à l'heure et qu'elle m'a dit que je reviendrais. Son aide à domicile ne s'est pas présentée ce matin et elle n'a pas de quoi se nourrir. Ses grosses jambes et ses gros pieds n'ont aucun rapport avec ce qu'elle mange. Même en s'affamant, elle resterait gonflée, sa peau toute craquelée et dure comme du cuir. D'ailleurs, elle a un régime strict, allégé en graisse. Du coup, si sa pathologie ne la rendait pas si grosse, elle serait maigre. Avec ses courses et les miennes, je peux encore passer à la caisse « moins de dix articles » et je me demande si c'est bien normal. Madame Vallé et moi sommes-nous pauvres ou fais-je semblant de l'être ? J'ai retenu que je suis peut-être une terroriste politique et que mon action passe par le refus du consumérisme. Madame Vallé sûrement aussi compte ses sous, elle touche une allocation handicapé ridicule comparée à toute la place qu'elle prend. Il existe une autre hypothèse, nous sommes seules. Notre immeuble est très ancien, aucun des appartements ne dépasse les trente mètres carrés. Alors, les habitants sont condamnés à vivre avec leur ombre et n'achètent que ce qui est nécessaire à l'adulte isolé. Je retrouve Madame Vallé à moitié somnolente. Elle est assise sur une fesse et je n'ose pas la secouer. Si elle tombait, je serais incapable de la redresser. J'ouvre son frigidaire, qui est très propre et très vide. Les sept articles que je lui ai achetés, yaourts « zéro pour cent de matière grasse » et les fruits et légumes, rendent vraiment tout ça plus vivable, sa maladie et sa solitude. Rentrée dans mon appartement, je glisse mon shampoing et mon savon entre les vêtements que j'ai préparés. Je pars demain matin et je ne sais pas où je vais. Enfin, si, c'est marqué sur mon billet d'avion, à Ajaccio, qui n'est pas un coin perdu. N'empêche, je serai dépaysée et sans repères. Monsieur Bernard m'a dit que les Corses étaient mes frères, qu'ils vivaient sous le même régime de succession que moi. En gros, que nous avons la même hérédité, qu'ils descendent eux aussi de l'Homme. Alors, je pense que nous allons bien nous entendre. L'après-midi s'annonce longue, je me colle à ma fenêtre pour avoir un aperçu de ce qui m'attend, pour me faire la tête d'un cochon des montagnes ou d'un sanglier du maquis. J'ai lu qu'en Corse, ils avaient un désert, ils l'appellent le désert des Agriates.

## * 10 *

Le Saint-Jean est prévenu que je ne serai pas disponible avant une semaine. Je suis toujours de service le soir, aux heures où l'homme que j'aime a ses habitudes. Depuis trois ans, il s'assied à la même table et commande deux verres de single malt. Il regarde son téléphone et tape quelques messages. Ensuite, il se laisse aller. Parfois, il a des absences. Je remarque ça à sa nuque où ses cheveux blonds bouclent et où j'ai envie de glisser mes doigts. Quand il plonge dans le fond de son verre, je sais qu'il part à la recherche de la même chose que moi lorsque je m'aplatis contre une vitre, un autre degré de conscience. À la fermeture, il n'a généralement pas bougé de sa place. Je passe et repasse le chiffon sur sa table. La distance qui nous sépare est un territoire sans coordonnées. Il y a six mois, à la fermeture des portes, j'ai emprunté une bouteille de Glenmorangie, et je l'ai invité à venir la boire chez moi. Il a accepté et nous avons fait l'amour. Après ça, je ne l'ai plus jamais revu. Ce qui est difficile, c'est qu'il est toujours dans moi, comme s'il était fait pour. Quand je pense à l'en faire sortir, j'ai une poussée de fièvre.

Ce matin, la porte de Madame Vallé est fermée, je ne peux pas lui dire au revoir. Qu'elle ne s'avise pas de prendre la route du cimetière des éléphants sans me laisser la carte de ce lieu où nous serons tous bien, tas d'os blanchis au sommet des dunes. Dans le RER, je croise des regards, certains amers, d'autres interrogateurs, tristes que je parte, se demandant où je vais. À la gare d'Anthony, j'emboîte le pas à ceux qui traînent une valise, tandis que j'ai un sac jeté sur l'épaule, pareille au matelot que j'ai refusé d'être. L'Orlyval est bondé de voyageurs qui s'en vont pour des destinations plus lointaines et sauvages que la mienne, je vois ça aux étiquettes passées à leurs bagages. Mais entreprennent-ils la même aventure, partent-ils sur les traces d'un vieux voisin qui a choisi le moment de sa mort ? J'arrive juste à temps pour l'enregistrement, il est même l'heure d'embarquer. À la différence de mon billet, l'appareil dans lequel je monte n'est pas un avion Air France. Le sigle CCM est inscrit en bleu sur sa carlingue. La compagnie est corse, son personnel aussi. L'un des stewards n'arrête pas de sourire et de faire des blagues aux passagers. Sur son badge, c'est écrit : « Serge Poli ». Je me dis qu'à lui, je peux montrer la photo de Monsieur Bernard. Il l'aura peut-être croisé et aura engagé la conversation. Quand il se penche sur mon siège pour s'assurer que j'ai bien ajusté ma ceinture, je lui tends le portrait de mon voisin.

— Est-ce que vous avez déjà vu cet homme ?

Serge Poli ne repousse pas la question. Il prend la photo et l'examine.

— Non, je ne crois pas.

— Il faut que vous l'imaginiez avec trente ans de plus et des cheveux blancs au lieu de blonds.

— C'est difficile à dire. De toute façon, même si je le reconnaissais, je le garderais pour moi.

— Pourquoi ?

— Parce que je n'aime pas parler. D'ailleurs, je vous préviens que tous ceux que vous croiserez et qui porteront le même nom que moi seront encore plus taiseux. Les Neri aussi, et les Frigara, et les Salini.

Je passe l'heure vingt de vol à regarder Monsieur Bernard dans les yeux. Il ne les avait pas seulement clairs, il les avait bleus. La dernière fois que je l'ai vu, il était fatigué. Son trait n'était plus très sûr et la mine de son crayon s'est brisée. Il a relevé la tête de son carnet et a réussi à me sourire.

— Antoine-Louis Barye avait sculpté quatre grands ensembles pour le nouveau Louvre sous le règne de Napoléon III, *La Guerre*, *La Paix*, *La Force* et *L'Ordre*. Pour ne pas que ses sculptures vieillissent, il les avait recouvertes d'un vernis. Malheureusement, c'est cette couche de protection qui a fragilisé la pierre, la fendillant, puis la morcelant. Aujourd'hui, nous ne voyons plus que des copies. Les originaux sont des ruines que les conservateurs tiennent loin du regard du public. Les gens doivent continuer à croire que les statues au moins leur survivent.

— Où voulez-vous en venir ?

— Tout ce que nous inventons pour nous protéger de la vieillesse nous fait vieillir plus vite, c'est en nous figeant que nous nous craquelons. Pourtant, une représentation de toi te survivra, ce caillou que tu désires tant devenir.

Le commandant de bord nous apprend que nous allons atterrir. Je regarde par le hublot, il y a la mer et les îles Sanguinaires. Ajaccio est sous l'aile de l'avion, je vois le port. Ce jour-là, Monsieur Bernard m'a fait lire tout un chapitre sur Antoine-Louis Barye, ce romantique qui aimait sculpter les animaux, toutes griffes et défenses dehors. C'est comme ça que j'ai appris qu'il avait réalisé une statue équestre de Napoléon I$^{er}$ et ses frères. Elle se trouve à Ajaccio, place du Général-de-Gaulle. Je ne sais pas si je peux la voir d'ici. L'avion a déjà dépassé la ville et survole des piscines privées. Après un virage pour contourner une colline, il se pose sur la piste d'atterrissage qui se jette dans le golfe. Au moment où je m'engage sur la passerelle et où le soleil me fait me sentir bien comme jamais, Serge Poli me retient par le bras.

— Je ne sais pas si je connais ou reconnais l'homme sur la photo. En revanche, j'ai souvent vu un passager d'un certain âge dessiner un visage qui ressemble au vôtre. Un jour, je lui ai demandé s'il était artiste, il m'a répondu que non, qu'il voulait simplement sculpter de ses mains la statue du commandeur qui viendrait le chercher à son dernier souffle, et cette statue devait avoir le visage de la jeune femme qui était dessinée dans son carnet.

Madone, mon cul ! Monsieur Bernard m'avait choisie comme statue du commandeur.

Serge Poli a trop parlé, j'ai un peu mal. Je ferme un instant les yeux, le soleil me frappe en plein front et l'air marin fait voler mes cheveux.

# LIVRE II
# LE VOYAGE

* 1 *

J'ai récupéré mon sac, je marche sur la route à la sortie de l'aéroport. Devant moi, la mer est grande et bleue. Le long de la plage, les arbres sont penchés, presque couchés, prisonniers de la forme que le vent du golfe d'Ajaccio leur a donnée. Je voulais prendre un bus pour rejoindre Cala d'Orzu mais au comptoir, une hôtesse m'a informée qu'aucun service n'allait si loin, même en haute saison. Selon elle, dans le meilleur des cas, je trouverais les transports Casanova qui pourraient me déposer à l'anse de Verghia. Mais au mois de mai, elle n'en était même pas vraiment sûre. Alors, j'ai pensé à un taxi et j'ai demandé le prix de la course, bien plus chère que mon billet d'avion. Une dame s'est approchée de moi et m'a conseillé de faire du stop, le moyen le plus efficace de se déplacer dans l'île. Je suis maintenant sur la route de Porticcio et je n'ai toujours pas levé mon pouce. Mes jambes maigres soutiennent la cadence. À force de rester sans rien faire dans mon appartement, mes muscles ont fondu et je n'ai plus que des os. Bien sûr, en voie de calcification et de solidification, première étape avant ma transmutation, noyau atomique humain se muant en noyau atomique minéral. Si j'ai toujours la mer à main droite, je finirai bien par tomber sur Acqua Doria et ensuite sur Cala d'Orzu. Il fait chaud, je regarde les montagnes au loin. Monsieur Bernard m'avait laissé entendre que la Corse était belle, mais pas à ce point. Quelle matière a-t-il découverte ici qui n'existe nulle part ailleurs ?

Un jour, je lui ai demandé :

— Il y a du marbre de Carrare en Corse ?

— Non. Le marbre de Carrare est originaire d'Italie. Combien de fois vais-je devoir te répéter que je travaille sur un autre support ?

— Ouais, sortant ou entrant dans la mer. De la nacre ?

— Jamais, hors de question que tu brilles.

— Mais moi, j'aimerais ça, briller.

— Aux dernières nouvelles, tu n'es pas un phare et je veux que l'on se brise sur toi.

— Dites donc, si vous ne vivez pas en philosophe, vous vivez au moins en poète.

J'avais la boîte à caractères de l'Imprimerie nationale à côté de moi, qui en réalité étaient des balles de pistolet, je l'ai secouée en le narguant.

— Toutes ces lettres que vous avez dû faire rimer !

— Tais-toi un peu, je n'aime pas les poètes, excepté Charles Baudelaire qui était critique d'art et trouvait la sculpture ennuyeuse et sans imagination.

— Vous êtes d'accord avec ça, vous qui vénérez les sculpteurs ?

— Je ne les vénère pas, j'apprends leur histoire et leurs techniques. Et je suis certainement d'accord avec Charles Baudelaire. Si je cherche à reproduire ton visage, c'est bien que je suis incapable d'en inventer un. Mais ce que je veux surtout, c'est m'ennuyer.

— Vous ne vous ennuyez pas, vous vous occupez.

— S'ennuyer et chercher à s'occuper, c'est exactement la même chose.

Monsieur Bernard voulait tout connement mourir. Il préparait sa mort en la doublant d'une création : une statue du commandeur qui aurait mes traits. Je me dis que c'est à cause de la tête que je me trimballe. Mes os sont visibles sous ma peau. Quand je me regarde dans la glace, je sais déjà à quoi ressemblera mon squelette. Le même que tout le monde, avec les dents qui ne veulent pas tomber. Le soleil commence à cogner fort, mon sac me blesse à l'épaule, je suis en sueur et je lève mon pouce. Une voiture électrique s'arrête, toute petite et rouge. L'homme qui est au volant a une soixantaine d'années. Il porte une marinière et un corail autour du cou.

— Où allez-vous ? me demande-t-il avec un accent corse.
— À Cala d'Orzu.
— À quoi ?
— Cala d'Orzu.
— Cala d'Orse. Zu, ça ne se dit pas chez nous. Allez, montez.

C'est la première fois que je voyage dans ce genre de voiture, elle roule très doucement. Sur le trajet, j'en remarque d'autres qui viennent en sens inverse, même dans la catégorie des camions-bennes. Qu'est-ce qui peut bien pousser les Corses à conduire des véhicules pareils ?

— C'est surprenant le nombre de voitures sans permis dans le coin.
— Bah, c'est la rive sud d'Ajaccio, me dit mon chauffeur. On boit beaucoup ici. Alors, forcément, un jour ou l'autre, on se fait retirer le permis. Maintenant, est-ce que vous pourriez vous taire ?

Je me souviens de la mise en garde du steward, Serge Poli, et je veux en avoir le cœur net.

— Vous vous appelez Poli ?
— Non.
— Alors Neri, Frigara ou Salini ?
— Non plus.
— Ah, je pensais. Parce qu'un certain Serge Poli m'a dit que si je croisais quelqu'un qui portait l'un de ces noms, il ne voudrait pas me parler.
— Je m'appelle Colombani, et vous devez noter quelque part dans votre cerveau que c'est exactement la même chose.

Monsieur Colombani veut donc que je me taise. Ignore-t-il que je passe ma vie seule à ma fenêtre, à imiter le chant des oiseaux de mer qui volent au-dessus de la Seine ? Depuis quelques semaines, j'ai décidé de raffermir ma pensée et mon expression. Fini mon air louche et farouche, je réintègre le monde avant de le quitter tout à fait pour devenir un caillou.

— Pourquoi les habitants de la rive sud boivent-ils tant ?
— Je ne sais pas, me répond Monsieur Colombani. Peut-être pour ne pas nous mentir à nous-mêmes, nous sommes des poivrots, point.

Pour le coup, je n'ose pas répliquer. Dehors, les paysages changent. Ce n'est plus la station balnéaire de Porticcio, mais du maquis, des presqu'îles et la mer à perte de vue, aveuglante avec tout ce soleil qui tape dessus. Je comprends que les Poli, les Neri, les Frigara, les Salini et les Colombani se saoulent pour ne pas voir comme c'est beau.

* 2 *

Acqua Doria est un village sur les hauteurs. Il faut le traverser avant d'arriver à Cala d'Orzu. La voiture électrique de Monsieur Colombani peine dans la montée. Peut-être que je devrais sortir pour la pousser. Mais depuis que j'ai sous les yeux un littoral à mirages, je ne bouge plus. Je sens bien que je suis vivante et j'ai peur de mourir si je bouscule l'ordre des choses. Et ce n'est vraiment pas le moment. Un panneau donne la direction de Coti-Chiavari, la commune dont dépend l'anse de Cala d'Orzu. Monsieur Bernard n'a jamais voulu me donner la traduction de ces mots. Que craignait-il ? Maintenant que j'ai un Corse sous la main, je vais savoir.

— Ça veut dire quoi Coti-Chiavari ?

Monsieur Colombani souffle d'exaspération, il croyait que j'avais fini par me taire.

— Ça ne veut strictement rien dire. Ce sont des noms propres accolés. Des Italiens originaires de la ville de Chiavari en Ligurie sont arrivés en Corse au temps de la malaria, ils ont grimpé dans la montagne pour fuir les marécages et ont fondé notre Chiavari à nous. Quant à Coti, c'est le nom de la forêt d'eucalyptus où se trouvent les pénitenciers.

— Il y a des pénitenciers ?

— Oui, un pour les hommes, un pour les femmes. Des bâtiments qui datent de Napoléon III.

— Oh, je connais bien son empire à celui-là. Et que faisaient les prisonniers ?

— Ils cassaient des cailloux.

Ben merde. Même si je deviens un caillou, je pourrai encore être frappée de malheur. À tous les coups, Monsieur Bernard voulait que je conserve intacte ma foi minérale, continuant d'ignorer que par déterminisme, je finirais cassée.

La voiture de Monsieur Colombani a gravi la côte. Nous roulons maintenant dans Acqua Doria. Des pancartes sont fixées aux murs des maisons, elles promettent que bientôt nous pourrons nous désaltérer au bar « Chez Xavier ». Ce n'est pas tout à fait « Chez Félix », la chambre d'hôte est encore à quelques kilomètres. Monsieur Colombani m'indique une venelle sur la droite. Des vieillards sont à la terrasse du bar, buvant du pastis et jouant aux cartes. « La belote », dit Monsieur Colombani. J'aimerais bien être serveuse ici. À la sortie du village, la vue est de nouveau dégagée. Un cap se découpe au loin. Sur son flanc nord, une tour génoise transperce le maquis. L'anse qu'elle domine est sauvage et chaotique, faite de rochers difformes. Seule la couleur de l'eau rassure, turquoise. Si je ne suis pas marin, je pourrai au moins tenter de me baigner. J'ouvre la vitre et passe ma tête au-dehors pour flairer les odeurs. Les parfums que le soleil fait jaillir des écueils et de la végétation me sont inconnus. Je crois qu'il y a du sucre dedans. Monsieur Colombani me précise : « Capo di Muro ». Ces mots, à la différence de « Coti-Chiavari », ont une signification. Je refuse qu'il me la donne.

C'est à moi d'en faire ce que je veux. Je ne peux guère me tromper sur le sens de « Capo di ». Sur celui de « Muro » non plus, d'ailleurs. J'ai quand même envie d'essayer. À Poitiers, Charles Martel a arrêté les Maures parce que c'était facile, parce que cela devait entrer dans l'histoire et les livres scolaires. En revanche, empêcher que nos corps vieillissent et que nos cellules meurent, c'est une autre paire de manches, parce que cela relève d'une loi biologique que tout le monde préfère ignorer. Monsieur Colombani doit finalement s'inquiéter de mon silence.

— *Muro*, ça veut dire Maure.
— Oui, j'avais compris.
— Maure comme Arabe, pas comme mort, me précise-t-il.

Ça aussi, j'avais compris. Nous passons le cap. L'anse de Cala d'Orzu apparaît enfin, il y a une plage de sable blanc en contrebas. Monsieur Colombani emprunte une piste de terre qui descend jusqu'à la mer. Je crains pour sa voiture qui n'est pas faite pour ça, qui n'est pas faite pour rouler du tout. Il la stoppe devant une maison de pierres jaunes, « Chez Félix ».

— Voilà, vous êtes arrivée.
— Et vous, vous allez où ? Vous continuez encore vers le sud ?
— Non, je rebrousse chemin, j'habite à Porticcio.
— C'est vrai ? Mais alors, vous êtes venu jusqu'ici uniquement pour me déposer ?

C'est comme ça qu'on ne désespère pas, en trouvant quelqu'un qui nous accompagne jusqu'au bout. À condition qu'une fois sur place, il veuille bien nous laisser seuls. Je lui serre fort la main.

Il me dit :

— Si vous restez un moment dans le coin, vous me retrouverez sûrement dans un bar en train de boire. Le plus souvent, je réponds au surnom du Marin, c'est en rapport avec mon corail rouge et des barques que je retape.

— Chez Xavier ?

— Par exemple.

Il fait demi-tour, sa voiture s'embourbe. Je me place à l'arrière et la pousse de toutes mes forces. Quand elle est dégagée, Monsieur Colombani passe son bras par la fenêtre et me salue. Félix a dû nous entendre puisqu'il vient à ma rencontre. Sans m'adresser la moindre parole, il se saisit de mon sac. Il est sec et pâle, comme s'il n'avait jamais vu le soleil. Dans la maison, il me montre ma chambre. Un rocher occupe la moitié de l'espace. Cette intrusion inorganique est effrayante. Enfin, pas maintenant, pas en plein jour. C'est à la forme qu'elle aura dans la nuit que je pense. À l'heure des angoisses et des doutes, que vais-je découvrir sur elle ? Il ne manquerait plus qu'elle s'anime de sentiments humains. Félix pose mon sac au pied du lit.

— C'est là que vous dormirez. Comme il n'y a personne en ce moment, je vous ai réservé le meilleur lit. Vous devez savoir que j'ai construit ma maison tout autour de ce rocher.

Je ne sais pas quoi lui dire. Comme Monsieur Colombani, il est très gentil. Je ne m'attendais pas à être accueillie de la sorte. N'empêche, ce rocher me fout les jetons. Je pressens qu'à minuit, il va vouloir devenir un Homme et me parler.

Il faut quand même que je dise quelque chose à Félix.

— Je suis une amie de Monsieur Bernard.
— Oh, comment va-t-il ?
— Bien, il s'est suicidé.

Félix prend la nouvelle avec philosophie.

— C'est sûrement l'unique raison de mourir. Vous allez être contente, cette chambre était un peu la sienne.
— J'imagine. Il n'a jamais tenté de sculpter votre rocher ?
— Non, il faut dire qu'au naturel, sa forme est formidable.

Je m'éloigne pour apprécier la pierre dans son ensemble. Je demande à Félix :

— À quoi trouvez-vous que cela ressemble ?
— C'est évident, à un homme.

J'en étais sûre.

## * 3 *

Félix m'a laissée. Il a dit : « Le temps que vous vous posiez un peu. » Après, il me montrera comment me rendre à la plage, en passant par un sentier derrière la maison. Restée seule avec le rocher, je n'ai qu'une envie, le gravir. La pierre n'est pas régulière, il y a des prises. Installée à la vigie, je regarde droit devant. Un décor marin est accroché à la tête de lit, il représente des vagues qui se fracassent contre les îles Sanguinaires. Je sens le vent du large, j'entends un oiseau se débattre dans la bourrasque, albatros ou cormoran. À moins que la tache blanche au milieu du tableau ne représente une embarcation. C'est bien ça, une goélette. Le mât se casse, le grand hunier se déchire. Sur le pont, les marins sont violemment projetés d'un bord à l'autre. Afin de les prévenir du naufrage, je crie : « Terre ! Terre ! »

Comment vais-je passer la nuit si déjà en pleine lumière ce récif me fait divaguer ? Je saute à pieds joints sur le carrelage. Dans mon sac, j'ai heureusement mis un maillot de bain. Je retrouve Félix sur la terrasse. Il lit *Corse-Matin*, un homme a été tué à Sartène. Je lui demande le chemin de la plage. Il m'entraîne au bout du jardin et me montre un passage dans le maquis, pas plus large qu'une rigole. Des filets de pêche retiennent la terre de chaque côté. L'odeur de sucre est encore là. Les abeilles et les guêpes bourdonnent.

— Qu'est-ce que ça sent ?

— Le lentisque, le myrte et l'arbousier, me répond-il.

Félix retourne à son journal et au mort de Sartène, abattu de deux balles dans la tête. Je m'engage dans le tunnel végétal. Après trois minutes de marche à l'ombre des arbustes denses et odorants, je débouche sur du sable blanc. La plage est déserte, les gens se sont installés plus loin, au comptoir d'une paillote. Au sud, Capo Neru ferme l'anse. Au nord, c'est Capo di Muro. Sa tour génoise n'est pas visible, elle est nichée sur le flanc opposé. L'eau est transparente, je m'y jette. Je fais un crawl et finis par la planche. J'ai une dent contre les flots, mais je sais nager. Les yeux fermés, je pense aux poissons qui louvoient en dessous de moi, aux secrets des fonds marins qui savent tout des origines, aux statues échappées des navires qui sont soumises au secret, semblables au bronze de Croatie qui a tant fait rêver Monsieur Bernard, *L'Apoxyomène*. Datant du quatrième siècle avant Jésus-Christ, il avait été retrouvé dans la mer Adriatique par un plongeur.

— Il perd sa part de rêve à partir du moment où on l'a retiré de l'eau, ai-je dit à Monsieur Bernard.

— Tu as peut-être raison. L'humanité se sent toujours obligée de sortir de la mer ce qui s'y trouve, elle la première qui s'en est extraite.

— Comme nous, ce bronze a figure humaine ?

— Si peu, on dirait un dieu.

Il a pris une photo au milieu d'un tas de papiers posé sur la table de son salon. J'ai regardé le visage de bronze. Pourquoi un dieu ? Un simple profil grec et une mélancolie sans borne. C'était flagrant, le jeune athlète désirait retourner aux océans. Il aimait quand les poissons faisaient de lui un habitat, il y gagnait un organisme. J'ai du mal à admettre que la pierre veuille devenir humaine quand moi, je désire finir caillou. Mais que le bronze réclame un cœur, cela ne me dérange pas.

J'ai froid. Aussi vulgaire que la cellule originelle, je sors de l'eau. Je n'ai pas pris de serviette. Tremblante, je cours vers le sentier. L'ombre me fouette et me fait mal. J'allonge ma foulée. Félix a dressé la table dehors. Je ne savais pas que nous allions dîner en tête à tête. Je file dans ma chambre pour me sécher. Le rocher a changé de couleur. À la lumière déclinante, ses reflets sont mauves.

Félix a ouvert des oursins. Je n'en ai jamais mangé. La matière orange à l'intérieur exhale la mer. Avec tout cet iode, je vais pouvoir me coucher sur le limon, près des statues subaquatiques, piliers massifs du monde d'avant nous. Sans compter le calcaire dont est fait l'oursin, qui devrait aider à ma solidification. Pourvu que l'arthrose me gagne vite et que je sois faite d'un seul bloc. La Corse est sûrement le lieu idéal, un jour ou l'autre, je serai coulée dans du béton et jetée à l'eau. Je servirai de corps-mort pour les bateaux au mouillage.

— La légende veut que manger des oursins fait vivre plus vieux, m'apprend Félix.
— Plus vieux de combien ? Je refuse de vivre plus vieille que maintenant.
— Disons, de vingt ans de plus que l'heure programmée de votre mort.

Pour ce soir, je me fous d'atteindre les cent ans. Je gobe le corail sous l'œil du Corse.

— Monsieur Bernard s'est tiré une balle dans la tête ? me demande-t-il.

— Non, pourtant, il avait une arme. En tout cas, des munitions.

— Il a pris des médicaments ?

— L'inverse, il a cessé d'en prendre. Je ne vous ai pas tout dit, je suis là pour découvrir ce qui le poussait à quitter son appartement tous les deux mois.

— Le besoin de se reposer, je suppose.

— Que faisait-il de ses journées ?

— Je n'ai pas envie de vous le dire.

— Je vois. C'est quoi votre nom de famille ?

— Gaggioli.

— Donc les Gaggioli ne parlent pas non plus ?

— D'ordinaire, pas trop. Mais cela fait longtemps que je n'ai pas eu de compagnie. Si vous voulez tout savoir, Monsieur Bernard passait ses journées à Capo di Muro.

— C'est donc là que j'irai demain. Vous savez, moi aussi, cela fait longtemps que je n'ai pas parlé. Je me suis enfoncée très loin dans la solitude, tellement loin que la parole est devenue une sorte de corde raide. Vous comprenez ?

— Pas vraiment.

— Ce n'est pas grave. Mes mots n'ont encore de sens que pour moi. Mais ça va revenir et si ça se trouve, avec l'accent corse, pour rester un minimum incomprise. Vous n'êtes pas marié ?

— Je l'ai été. Ma femme m'a quitté il y a deux ans. D'après elle, je buvais trop.

— Ah, vous aussi ?

— Quoi « moi aussi » ?

— Monsieur Colombani qui m'a accompagnée jusqu'ici s'est fait retirer son permis pour conduite en état alcoolique.

— C'est la rive sud d'Ajaccio. On boit beaucoup.

— Comment une chose pareille est possible, avec la mer et les rochers que vous avez ?

— C'est justement ce qui nous rend malades. À regarder le coucher du soleil sur Cala d'Orzu, on comprend que quelque chose nous manque qui ne sera jamais comblé, on appelle ça l'absolu toujours déçu.

— Et c'est pour cette raison que vous vous enivrez tous, pour oublier ?

— Certains pour oublier, d'autres pour fêter l'événement.

Il m'a coupé l'appétit. J'arrête la consommation d'oursins. Si je dois vivre cent ans dans l'absolu toujours déçu, je vais douiller sévère. Déjà que je ne me sens pas très en accord avec le fait d'exister. Je bâille.

— Vous êtes fatiguée ? me dit Félix. Les oursins font vivre plus vieux mais ils abrutissent aussi, c'est à cause de la mer qu'ils recrachent.

Je le remercie pour cette soirée et lui souhaite une bonne nuit. Arrivée dans ma chambre, je tape le rocher sur l'épaule :

— Salut vieille branche !

Je m'écroule sur mon lit. Avant de m'endormir, j'entends l'écueil me dire de la voix de Monsieur Bernard :

— Donnez-moi la main. L'endurcissement au péché traîne une mort funeste, et les grâces du Ciel que l'on renvoie ouvrent un chemin à sa foudre.

Je bredouille dans la bave du sommeil qui est à mes lèvres :

— Statue du commandeur de mes couilles, j'ai avalé tellement d'oursins ce soir que tu peux aller te rhabiller, je ne meurs pas avant au moins après-demain. Rocher à la con, je savais bien que tu voudrais prendre un tour humain. C'est pas beau de se dénaturer comme ça.

## * 4 *

J'ai bien dormi avec tout le corail des oursins dans mes veines. Et puis, le rocher m'a oubliée après que je lui ai coupé le sifflet. Quoi, il croyait m'avoir en déclamant du Molière ? Les écueils n'ont rien à chanter d'autre que du Shakespeare ou du Hugo. Sinon, c'est qu'ils ont renoncé à leur dureté. Ignorent-ils qu'en devenant tendres comme des hommes, ils seront obligés de composer avec la recherche du bonheur ? Je pose mon oreille contre la pierre et frappe du poing. Ouf, elle sonne plein. Pas comme nos têtes, qui sont creuses. Aujourd'hui, je vais à Capo di Muro et j'ai besoin de courage. Il ne manquerait plus que je découvre ce que Monsieur Bernard est venu y chercher, cette vérité qui l'a poussé à cesser son traitement et a autorisé sa maladie de cœur à l'emporter. Pourquoi ne s'est-il pas servi de son arme ? Peut-être qu'il aimait mieux être rongé de l'intérieur. Nous sommes beaucoup à préférer ça.

Félix est sur la terrasse, il lit *Corse-Matin*, celui du jour, pas celui d'hier. Un homme a été tué à Quasquara. Il me fait signe de m'asseoir. Le petit-déjeuner est prêt, j'ai même droit à un jus d'orange pressé. Il replie son journal.

— Le long de la rive sud d'Ajaccio, on boit. Dans la montagne, on se tue, me dit-il.

— Excusez-moi, dans la montagne il ne s'agit pas de suicides, mais d'assassinats.

— Oui, parce que là-haut, la solidarité et la fraternité sont plus fortes. S'entretuer, c'est un service que l'on se rend.

Tout le monde sur cette île a donc été mis au courant que se donner la mort est la seule fin valable ? Les tombeaux des Corses sont plus beaux que leurs maisons, en pierre noire. Toujours au point le plus haut pour dominer la mer et faire face aux lueurs incendiaires du soleil qui se couche. Heureusement que je ne venais pas là pour rigoler.

— C'est le départ de votre femme qui vous a rendu si sombre ?

— Disons que cela ne m'a pas aidé. Si elle était restée, on aurait pu faire un enfant et alors, j'aurais passé mon temps à le soustraire au coucher de soleil de Cala d'Orzu. Oui, c'est le sens que j'aurais donné à ma vie.

Il en tient quand même une couche, Félix. J'avais bien noté à mon arrivée qu'il était sec et pâle, comme s'il n'avait jamais vu le soleil. Ses yeux aussi disent son égarement. Écorchés vifs, tous les vaisseaux dedans ont dû péter.

— Il serait peut-être temps que vous rencontriez quelqu'un d'autre, non ?

— Ça va être dur. Il faut que je trouve une femme qui comprenne pourquoi je bois.

— Moi, je ne bois pas mais j'aime bien les gens qui boivent. D'ailleurs, dans ma cuisine, il y a une bouteille de single malt au cas où quelqu'un passerait.

— Un homme a déjà bu dedans ? veut savoir Félix.

— L'équivalent de deux verres. Après, il est parti.

— Sans prendre la peine d'autre chose ?

Sans prendre la peine d'autre chose, ou si peu, un dernier verre encore, mais au Saint-Jean, à l'heure de la réouverture. J'ai un mal de chien quand j'y repense. Personne n'est plus seul que moi sur cette foutue planète. C'est peut-être pour ça que Monsieur Bernard voulait faire mon portrait, pour expliquer au public : « Vous voyez cette gueule et ces yeux affamés, c'est celle de la connerie humaine qu'on appelle aussi solitude. » Un après-midi, il m'a entraînée de force au musée du Louvre. Il savait exactement ce qu'il voulait me montrer, ce transi qui fout les jetons : Catherine de Médicis par le sculpteur Della Robbia, d'une morbidité immonde. À l'origine, l'œuvre était destinée à orner le tombeau de la reine. J'ai pensé que Monsieur Bernard était un vieux pervers de me mettre le nez dessus.

— Catherine de Médicis, en voyant cette représentation d'elle-même, a été prise de panique et a demandé à Della Robbia de ne pas achever son travail, m'a-t-il appris.

Plus macabre, tu meurs : le cadavre de la souveraine n'est pas encore en décomposition, mais déjà décharné. Son torse est nu, il ne s'agit que de sa cage thoracique. Sa tête retombe en arrière, des tendons desséchés tentent de la retenir. Son ventre est creux, semblable à celui d'un homme. Comme sa main large et osseuse qui maintient le linceul au niveau de son sexe. Comme aussi ses jambes et ses pieds qui sont démesurés.

— Vous n'aviez pas des statues plus belles à me montrer ? ai-je demandé à Monsieur Bernard.

— Pourquoi, la représentation de la mort n'accuse pas aussi bien le coup que celle de la vie ?

— Je vous l'accorde, les gars des musées font bien leur boulot. Cette sculpture est en très bon état de conservation et si Catherine de Médicis était encore en vie, elle en serait blême.

— Tais-toi et écoute-moi. J'ai beaucoup réfléchi ces derniers jours et je me suis dit qu'il valait mieux que je te sculpte en transi, les os saillants et les yeux caves, pour que tu aies une idée précise de ce qui t'attend.

— Vous voulez me saper le moral, c'est ça ?

— Non, je veux que tu vives, je veux que tu rencontres des gens et que tu sortes de chez toi, avant de devenir ce genre de caillou là !

J'ai regardé le transi puis Monsieur Bernard. C'était tellement désopilant que j'ai été prise d'un fou rire.

— Qu'est-ce que tu as à rire ?

— C'est un accès de philosophie. Parce que vous savez quoi, Monsieur Bernard, en cette circonstance, n'importe qui d'autre que moi vous aurait allongé une droite en vous disant : « De quoi te mêles-tu, vieux con ? »

Félix a rouvert son journal, il est retourné au mort de Quasquara, abattu de trois balles dans le dos. Je dois pourtant le sortir de sa lecture, j'ai besoin de savoir comment je vais à Capo di Muro.

— Je vous accompagne en voiture jusqu'au début de la piste, me propose-t-il.

Il ne boit certainement pas autant qu'il le dit puisqu'il conduit un pick-up à essence. À deux kilomètres de sa maison, il me dépose au bout d'un cul-de-sac, un sentier prend le relai. Il me dit qu'après un quart d'heure de marche, je trouverai un plan d'orientation sous un arbousier. À partir de cet arbre, le chemin est balisé et fait le tour du cap. Il me demande de vérifier dans mon sac si j'ai bien pris de l'eau. Puis il se penche vers moi pour ouvrir la boîte à gants. Il en retire une casquette de chasseur qu'il m'enfonce sur la tête.

— Comme ça, c'est bien !

* 5 *

Cela doit faire plus de vingt minutes que je marche et je n'ai toujours pas repéré l'arbousier. L'arbousier, celui qui marque le départ. Parce que sinon, j'en ai croisé à la pelle. Le chemin est flanqué d'arbustes qui ont des parfums identiques à ceux du jardin de Félix, j'en ai conclu qu'ils étaient du même bois : lentisque, myrte, figuier. J'en ai arraché des feuilles et les ai roulées en boule entre mes mains. Mes doigts sentent tellement bon le fruit sauvage que je me les fourre dans le nez. Personne pour me voir faire, je suis seule. Plus dans l'absolu, plus dans la vie, mais sur le sentier. Un sanglier m'a pourtant coupé la route un peu plus haut. Étonnant, le vent que cette bestiole peut déplacer. Le fameux Barye de Monsieur Bernard oubliait de parler de l'air qu'il brasse quand il fondait l'animal dans le bronze : je n'étais pas loin de tomber à la renverse. À tous les coups, c'est ma casquette de chasseur qui l'a mis en fuite. Je pensais que Félix me l'avait refilée pour le soleil. Mais pas du tout, c'était pour les animaux. Il faudra que je lui dise que je suis l'amie des bêtes. Je lui parlerai aussi de la maladie de Madame Vallé. S'il est chasseur, son rêve est sûrement de tuer un éléphant, le salaud. Ah, voilà, l'arbousier. On ne peut pas le louper, il est tout rond et le chemin se scinde en deux à son pied. Un plan d'orientation indique les curiosités du cap : la tour, une maison et un truc qui ressemblerait à une sainte vierge si seulement je savais à quoi ressemble une sainte vierge. En vérité, avec tous les bouquins d'histoire de l'art que j'ai chez moi, je le sais mieux que quiconque. D'ailleurs, c'est marqué : « Punta di a Madonuccia ». Pourvu que je ne me retrouve pas en figure de proue. Monsieur Bernard n'aurait quand même pas osé abîmer cette terre sauvage en lui rajoutant du tourment ? Si c'est le cas, si mon visage est reproduit au bout du voyage, je casse tout. Les embruns ne m'en voudront pas, ils seront même prêts à m'enfoncer le crâne. Je prends à droite en direction de la tour, le chemin passe sous des arbres aux troncs qui s'enlacent comme des lianes. À certains endroits, des restes de murs surgissent des fourrés. Des marches d'escaliers aussi. Les branches ont gagné le combat, elles ont disjoint les blocs de granit. J'examine les décombres. Comment la pierre a-t-elle été taillée ? C'est bien ce que je pensais, du travail de forçat. Pauvres ruines, je les console du sort qui a été réservé aux prisonniers du Second Empire. Un peu plus loin, dans une trouée, la tour se dresse, jaune et génoise. Un escalier accède à la terrasse supérieure, couronnée de mâchicoulis. Le vent souffle et emporte la casquette de Félix jusqu'à l'anse de Cacao. Des ombres noires foncent sous la surface de l'eau, comme des requins en chasse. Ce sont des cormorans qui ressurgissent dans une gerbe d'écume, des poissons asphyxiés au bec. Je ne reste pas, ce qui m'attend est ailleurs. La maison du cap est une ancienne bergerie. Ses portes sont fermées. Des pins sont plantés dans une terre sèche retournée. Les sangliers ont longtemps cherché les glands sans jamais les trouver. J'accélère le pas. De la crête, je distingue la pointe de la Madone. Partout des plantes grasses donnent des petites fleurs bleues. Des insectes volent au-dessus d'elles, plus nombreux qu'au-dessus d'un cadavre. Des champs de longues tiges surmontées de pompons violets descendent jusqu'à la mer, de l'ail sauvage. Le soleil tape fort et la casquette de Félix me manque. Je cours vers le rivage, les vagues me jettent des paquets d'eau au visage. Des morceaux de bois flotté sont venus mourir sur la rive, ils sentent le miel et le bateau échoué, comme si des bouteilles de rhum s'étaient brisées pendant le naufrage. Un fracas de rochers gris s'ouvre sur un canyon ocre aux reliefs anthropomorphes. Incrustée dans une paroi, je reconnais la silhouette de Madame Vallé. Toute nue, elle se croit aux bains et l'océan va bientôt déborder. Je me demande si les éléphants de mer ont eux aussi un cimetière. Après le canyon, la pointe de la Madonuccia apparaît enfin : baie de sable et de rocaille. Des statues de la Sainte Vierge sortent de tous les côtés. Elles sont planquées jusque dans la roche. Une petite chapelle est posée sur la plage, faite d'une charpente et d'un toit. Sa facture est récente, les forçats de Napoléon III, cette fois, n'y sont pour rien. L'autel est recouvert de filets, de coquillages, de corail rouge et d'images du saint patron des marins, le mien en somme, il s'appelle saint Elme. Des messages sont punaisés à la poutre principale, les lettres des familles endeuillées, la mer leur a volé un des leurs. Comme je ne crois en rien, je déplace les objets. Monsieur Bernard a laissé sa marque ici, je le sens. Une caisse à outils est planquée derrière une tête de christ : fil à plomb, ciseau, marteau taillant, masse de fer, grain d'orge. Un papier est coincé sous une équerre. Je reconnais l'écriture de mon voisin : « Ceci est ma boîte de sculpteur, bien que je ne sois pas sculpteur moi-même. Qui que vous soyez, je vous autorise à emprunter mes outils. À condition que vous les remettiez en place après usage. Faites-gaffe à vos doigts, le ciseau peut riper et le marteau tomber à côté. Bon courage, la tâche est rude. » Une jambe de bois posée contre l'autel me tombe sur le haut du crâne. Dans les chapelles dédiées aux marins, si les prothèses sont en bois, c'est à cause de la littérature.

Je ressors de la bâtisse pour inventorier les statues nichées dans les rochers. Une peut-être me ressemble, mais elle est en plâtre. Si c'est là le travail de Monsieur Bernard, je ne le félicite pas. Je commence à avoir chaud, toutes ces madones et le coup que j'ai reçu sur la tête m'ont foutu le tournis. Le sable m'appelle, je m'effondre.

## * 6 *

J'ignore combien de temps je suis restée inconsciente. Le soleil n'est plus tout à fait à la même place. Ai-je bu depuis ce matin ? Je n'en ai pas le souvenir. Dans mon sac, ma bouteille d'eau est encore pleine. La mort par déshydratation est celle des naufragés sur les radeaux, des matelots à la dérive, de ceux que la pleine mer avale. De toute façon, je n'existe déjà plus.

Quand Monsieur Bernard a voulu savoir si j'avais fait des études, je lui ai répondu : « Oui, très longues. » Il n'a pas cherché à savoir lesquelles, parce qu'il ne m'a pas crue. La faute à mon idée fixe de devenir con comme un galet, pour ne plus rien sentir. Je sais bien qu'on dit : « Malheureux comme les pierres. » Mais je mettrais ma main à couper que les cailloux ne sont jamais aussi désespérés qu'ils en ont l'air. Ce sont les hommes qui sont désemparés. J'ai quelques connaissances, j'ai été étudiante en lettres modernes, d'où mon goût pour celles de Monsieur Bernard. Ensuite, je suis devenue professeur de français. Avant d'entrer pour la première fois en salle de cours, j'ai regardé mes élèves par la porte et je les ai trouvés très « genre humain ». Leur voie était toute tracée, puisqu'ils savaient déjà se tenir debout. Je n'avais pas l'autorité nécessaire pour les forcer à retourner à quatre pattes, à l'époque où l'espoir allait bientôt nous faire naître. Et j'ai démissionné. Rentrée chez moi, je me suis rendue superflue, j'ai écrasé mon nez à la fenêtre en rêvant d'autre chose. Plus tard, pour gagner un peu d'argent et relever de la convention collective des hôtels, cafés, restaurants, qui constitue un vrai certificat de vie à opposer à ceux qui voudraient me passer la camisole de force, j'ai commencé mes extras au bar des Abbesses. J'y suis restée pour cet homme très profond dans le verre. Ennuyé comme moi et pas tellement dérangé de l'être. Je l'aime, il n'a pas voulu le savoir. Être absent, c'est aussi une manière de tenir, c'est la sienne.

J'ai certainement attrapé une insolation, je me sens fiévreuse. Les madones de plâtre se tiennent par la main et font une ronde, certaines se prennent les pieds dans leur voile et se pètent la figure. Ça les fait marrer, les idiotes. Elles ont un rire comme la mer. Est-ce qu'elles savent qu'elles sont la même personne ? Toutes les cent, Marie. En trois mois, Monsieur Bernard a dû réaliser une cinquantaine de modelages de moi.

— Si vous finissez toujours par détruire votre travail, c'est que je ne suis jamais tout à fait la même ? lui ai-je fait remarquer.

— Tu es tout le temps toi. Même quand je te fais un nez épaté, tu es toi.

— Vous dites pourtant : « Il faut que je réussisse. »

— Oui, que je réussisse à te déterritorialiser.

— Ça veut dire quoi ?

— Évidemment, tu ne comprends pas. Tu es con comme un manche ou alors, tu le fais exprès et c'est agaçant !

— Calmez-vous, Monsieur Bernard, vous avez le cœur fragile.

— Mon cœur va très bien, il prend ses médicaments.

En douce, les pilules terminaient dans la poubelle.

— Ça veut dire quoi, me déterritorialiser ?
— Te rendre autrement qu'humaine.
— Achetez un tour de potier, faites un bol et dites que c'est moi.
— Ce que tu peux m'énerver !

Cinquante versions de ma trogne et pas une seule pour rattraper l'autre. Humaine, désespérément humaine. Malgré mes joues et mes yeux creux qui me font une tête de mort. Peut-être est-ce cette gueule funeste qui a foutu la merde dans le travail de Monsieur Bernard, tous ces signes dénonçant mon appartenance à la race des hommes.

Je me relève avec peine. Demain est un autre jour, je reviendrai fouiller les parages. Le chemin retour est difficile. J'ai mal aux pieds et à la tête. Heureusement, entre les deux, ça va. Quand j'arrive à la route, au lieu de rentrer à Cala d'Orzu, je prends la direction d'Acqua Doria. Aucune voiture ne passe, même électrique. Il me faut plus d'une heure pour rejoindre le bar « Chez Xavier ». Monsieur Colombani est assis au comptoir devant un verre de mauresque. D'un vague mouvement, il me salue. Je voudrais bien qu'il me présente aux deux jeunes gens qui l'entourent, eux aussi boivent. Il n'en fait rien. Xavier doit être le type derrière le bar. Je lui demande :

— Vous êtes Xavier ?

Monsieur Colombani et les deux garçons sursautent. J'ai sûrement dit une connerie.

— Non, je m'appelle Noël. Xavier est mort depuis long-temps, vous le connaissiez ?
— Pas du tout. Moi, ici, je ne connais que le Marin.

Monsieur Colombani fait un signe de tête pour dire qu'il me connaît lui aussi et que je lui suis très sympathique. Le type derrière le bar qui s'appelle en réalité Noël me sourit et me demande ce que je veux boire : « C'est offert par la maison ! »

— De l'eau.
— Plate ou qui pique ?
— Qui pique.
— Une Orezza donc.

Il me tend une bouteille que j'emporte sur la terrasse comme j'ai l'habitude de faire à Paris, rue des Abbesses. Avant de sortir, j'entends un des deux jeunes hommes demander à Monsieur Colombani : « C'est qui ce sac à foutre ? » « Sac à foutre », je n'y avais jamais pensé. Cochon, caillou, bol ou sac à foutre, pourvu que je sois autre chose.

* 7 *

Je prends mon temps pour boire mon eau gazeuse. Monsieur Colombani ne décolle pas de son tabouret, les deux jeunes hommes non plus. Leur verre vide, ils font un signe à Noël pour qu'il les resserve. Privés de cordes vocales, le un pour cent de la séquence ADN qui nous distingue du singe ne joue plus. Mais peut-être que c'est raciste de dire ça. Et je ne suis pas raciste, même si je suis restée longtemps enfermée chez moi sans voir la gueule de l'autre. En tout cas, quand j'ai besoin d'un bouc émissaire, je me regarde dans la glace et je le trouve.

Monsieur Bernard aimait les sculpteurs républicains convaincus. Un jour, il a voulu m'enseigner la politique par la taille. Quoi, il me croyait dénuée de science ?

— Tu en dis quoi de l'éléphant de la Bastille ? m'a-t-il demandé.

— J'en dis qu'il habite au premier étage.

— Arrête de te moquer de Madame Vallé.

— Je ne me moque pas d'elle, j'aime les éléphants.

Monsieur Bernard m'a montré les dessins préparatoires et les gravures des maquettes de cette œuvre qui n'a jamais vu le jour et qui devait être une fontaine. Cela faisait des années que le chantier de l'éléphant de la Bastille avait été lancé sur ordre de Napoléon. Mais suite à sa chute et aux Trois Glorieuses, la monarchie de Juillet avait abandonné le projet au profit de la colonne. Thiers évidemment prenait position pour le mât plutôt que pour l'animal, vu que les fouriéristes, eux, y voyaient une représentation du peuple.

— Cette sculpture, m'a-t-il dit, j'en ai fait le symbole des révolutions avortées, des républiques à venir et du manque d'imagination d'Adolphe Thiers. Le génie de la colonne de Juillet a volé la place de l'éléphant et floué la masse qui était en marche derrière lui.

L'orientalisme du dix-neuvième siècle d'où avait émergé ce chantier, c'était surtout les déserts et les mirages. Quand le soleil tapait trop fort sur la place de la Bastille, Monsieur Bernard croyait apercevoir la fontaine et l'eau de l'Ourcq jaillir de la trompe de l'éléphant. Bien sûr, il avait lu Victor Hugo et savait que les misérables vivaient dans le ventre de la bête. Du coup, tous les clochards de Paris devenaient pour lui les locataires du monstre. Parfois, il me disait : « Aujourd'hui, j'ai donné de l'argent à deux dormeurs de l'éléphant. » J'aurais aimé moi aussi qu'un éléphant barrisse à cet endroit. Je comprends maintenant que le cœur de Monsieur Bernard n'oxygénait plus son cerveau. Mais j'ai retenu la leçon et je ne dirai jamais des Corses, contrairement à certains, qu'ils sont plus singes que moi, puisque leur grand homme, Pascal Paoli, a inventé le premier État démocratique au monde. Il a aussi introduit la pomme de terre sur l'île pour nourrir son peuple.

Monsieur Colombani est avachi sur le comptoir, les deux autres se maintiennent encore. Cela va faire plus d'une heure que je les regarde boire verre sur verre. Le pick-up de Félix se gare en face du bar, mon hôte en descend et se dirige vers ma table.

— Alors, Capo di Muro, c'était beau ? me demande-t-il.
— Oui, très.
— Vous avez trouvé ce que vous cherchiez ?
— Non, pas encore.
— Et les rochers éléphants, vous les avez vus ?

Pourquoi me parle-t-il d'éléphants lui aussi ? Peut-être qu'en réalité, le cimetière qui m'attire tant est sous ma chaussure, celle avec dedans un caillou et, maintenant, beaucoup de sable.

Félix voit bien que je suis perdue :
— Un canyon ocre où les rochers ressemblent à des éléphants.

Oh, ça ! Bien sûr, j'ai vu Madame Vallé dans la paroi et aussi certainement, par la même occasion, la fontaine de la Bastille. Je laisse Félix rejoindre le bar. Il m'a dit qu'il buvait beaucoup. Le même jeune homme que tout à l'heure lui demande : « C'est qui ce sac à foutre ? » Peut-être qu'il ne sait rien dire d'autre. N'empêche, il est beau. Félix lui répond : « Une amie de Monsieur Bernard. » Tous se retournent vers moi. Visiblement, ils connaissaient mon voisin.

Je leur dis :
— Il est mort.

Félix les rassure :
— Il s'est suicidé.

D'un mouvement de tête soulagé, ils replongent dans leurs verres.

* 8 *

Vingt-trois heures et ils sont toujours au bar. Avec tout le soleil que j'ai pris sur la tête et la nuit qui est tombée, je claque des dents. Je ne rentre pas encore, j'attends Félix pour le raccompagner. Quand j'étais un être social, j'ai passé le permis voiture. Le moto aussi, pour avoir le plus de tampons possible attestant que j'étais en phase avec la société et l'essence qu'elle demande de consommer. Saoul, Monsieur Colombani se met à chanter. Des chansons que je ne connais pas. Une parle d'Indochine ou peut-être de drogue, rien n'est très clair : « Dans le port de Saigon est une jonque chinoise mystérieuse et sournoise dont on ne sait pas le nom, et le soir, dans l'entrepont, quand la nuit se fait complice, les Européens se glissent cherchant des coussins profonds, opium poison de rêve, fumée qui monte au ciel, c'est toi qui nous élèves aux paradis artificiels. » Une autre fait : « Mort aux vaches, mort aux condés ! » Son titre, *Cayenne*, est sûrement en rapport avec les deux pénitenciers qui sont ici et qui datent de Napoléon III, cet empereur qui rêvait d'être socialiste et qui n'a pas pu. Ce n'est pas l'âge avancé de Monsieur Colombani qui détermine le répertoire, les deux jeunes gens gueulent aussi : « Mort aux vaches, mort aux condés ! » J'ai envie d'applaudir tellement ça ressemble à des chansons de marins. Celui qui ne sait dire que des grossièretés quitte le comptoir et vient vers moi.

— Ça va, sac à foutre ? me demande-t-il.

— Très bien, merci. Asseyez-vous.

Il s'assoit.

— Tu les trouves comment nos chansons ?
— Belles, surtout avec la deuxième voix et votre main sur l'oreille.
— Ma main sur l'oreille, c'est parce que je suis corse.
— Je m'en doutais un peu.
— Sinon, ça ne te dérange pas que je t'appelle sac à foutre ?
— Pas du tout. Est-ce qu'un sac à foutre a des sentiments ? Est-ce qu'il s'émeut ?
— Ouh là là, j'ai trop bu pour répondre à ça ! T'es quand même vachement intelligente pour un sac à foutre !
— On est donc d'accord, un sac à foutre n'a normalement pas de conscience. Ce que je veux dire, c'est qu'après l'amour, il ne la ramène pas ?
— Ouais, il se tait, sinon je le fais taire.
— Bien, très bien. Un caillou ou un morceau de bois, c'est moi.
— Enfin, faut pas non plus être une planche, faut bouger un minimum. Sinon…
— Sinon quoi ?
— Sinon, c'est qu'il n'y a pas d'amour.

C'est un romantique au fond. À tous les coups, il voudra que je l'aime et que je souffre. L'amour, je m'en méfie, à cause de mon expérience malheureuse. Mais peut-être que ce client du Saint-Jean, je l'ai inventé. Dans le sens où j'ai rêvé qu'il était celui fait pour ma vie. J'aurais mal lu dans le marc de single malt, au fond du verre qu'il a laissé dans mon évier avant de partir. Le jeune Corse a les yeux qui partent dans le vague. Il est complètement à la ramasse ou alors, il s'interroge sur l'être et le néant du sac à foutre. Je lui demande :

— Est-ce qu'un sac à foutre fait des enfants ?
— Je crois que c'est sa fonction première, mais moi, j'aime mieux pas.

Je lui souris. Il lève sa main et caresse ma joue avec tendresse. Félix s'approche de nous. Il me dit qu'il est tard et qu'il aimerait rentrer. Je le raccompagne à Cala d'Orzu.

## * 9 *

Dans la voiture, Félix tente de rester éveillé. Je crois qu'il a peur que je nous foute en l'air. La route n'est pas éclairée. L'obscurité que le maquis rajoute à la nuit rend le trajet pire que les ténèbres. Pour nous garder des ombres enjôleuses, Félix allume l'autoradio. Après des chansons de marins, des chants corses à fendre n'importe quelle coque, à plier n'importe quel mât : « Le dernier des bandits, il faut croire que l'honneur avait une autre force dans le sang, dans le cœur de tous les anciens Corses… »

— Vous voyez ce que ça veut dire ? me demande Félix.

Sur le bas-côté, une vache apparaît dans les phares, mais je vois très bien ce que « le dernier des bandits » veut dire.

— Vivre dans la montagne, l'arme à la main, et se battre contre l'occupant, continue Félix.
— Vous buvez surtout.
— C'est le départ de ma femme qui m'a anéanti.
— Sans vous offenser, vous buviez déjà avant.
— Vous avez raison, c'est à cause de ce soleil qui se couche sur Cala d'Orzu.

Je prends mal un virage, ils sont très serrés sur la départementale 55. Félix vomit.

— Pierre vous plaît ? m'interroge-t-il en s'essuyant la bouche.

— Qui est Pierre ?

— Le type du bar « Chez Xavier ».

— Ah, lui ? Oui, il me plaît bien. Parce qu'il m'a appelée par un drôle de nom.

— Forcément, il désigne toutes les femmes comme ça. Ce n'est pas le *sciemu di u paese*, mais un gros connard !

— Le *sciemu* de quoi ?

— L'idiot du village. Un jour, je le tuerai.

— Vous dites n'importe quoi, vous avez bu.

— Oui, j'ai bu.

Pour descendre la piste, je passe en mode 4X4. Comment sais-je me servir du crabot et du pont ? Quand j'étais partie prenante du monde et de sa marche, j'ai voulu connaître les rouages de toutes les mécaniques. À la maison, je conduis Félix jusqu'à sa chambre et l'allonge dans son lit. Sur sa table de chevet, dans un cadre en coquillage, il y a la photo de sa femme. Elle est blonde aux yeux foncés. Son visage est doux et lui donne l'air qu'elle va vous aimer toute la vie. Je retourne le portrait contre la table. Si Félix a l'alcool triste, il sera encore plus malheureux de croiser son regard. Pour l'instant, il ronfle. Dans la cuisine, je prends un seau et une éponge. Je retourne à la voiture et nettoie le siège sur lequel il a vomi. Ça sent fort le pastis et la vodka-pomme. En refermant la portière, je m'adosse au pick-up. Ma journée m'a fatiguée et j'ai l'esprit confus. Qu'est-ce que je fous en Corse ? Je cours après l'héritage de mon voisin, dans le but d'intégrer ses sculptures à mon patrimoine et de bénéficier de la fiscalité avantageuse sur les œuvres d'art ?

Je rejoins ma chambre. Ce soir, le rocher ne parle pas. Il est froid, comme tout ce qui ne vit pas est froid. Je pose ma joue dessus, s'il est en granit, son radon me rendra malade et j'aurai peut-être enfin une raison de vivre.

Une fois, j'ai demandé à Monsieur Bernard, qui n'était pas tellement concentré sur son travail :

— Être malade, ça donne envie de vivre ?

— Pas spécialement. Pas plus que vivre donne parfois envie de mourir. En gros, on fait avec.

Demain matin, je retourne au cap. Je remuerai tous les cailloux.

## * 10 *

Ce matin, le ciel est jaune. Du doré qui recouvre tout, les arbres, la terrasse et ma peau. Félix n'est pas encore réveillé, je le laisse dormir. Il m'a dit qu'il buvait pour ça, pour le coma. Sur la table du jardin, quelqu'un a déposé le *Corse-Matin*. Je crois que c'est la boulangère itinérante puisqu'il y a aussi le pain. (Je déplie le journal : un homme est mort à Quenza, abattu de huit balles dans le ventre. Félix a raison, la fraternité est plus forte dans la montagne.) Je prépare mon sac à dos pour Capo di Muro, j'y mets des bouteilles d'eau et le carnet de Monsieur Bernard. Si je trouve mon portrait, j'aurai besoin de ses instructions pour finir le travail. Mais certainement pas de ses mesures, je refuse les règles géométriques, je ne répondrai qu'à l'inspiration. Que mon nez soit de biais, on s'en fout. Ce qui importe, c'est de représenter le sucre qu'il a deviné dans l'odeur du maquis. Je rejoins le cap à pied, rallongeant ma marche d'environ une heure. Mes muscles se refont et mes os se dessoudent. N'empêche, il n'est pas dit qu'un jour je ne finirai pas d'un seul tenant. Je ne m'arrête ni à la tour ni à la bergerie, je fonce à travers la végétation et descends au plus vite vers la mer. Contrairement à hier, il n'y pas de vagues. L'eau ressemble à celle qu'on voit d'avion, lisse et sans sel, presque une terre. Les rochers éléphants sont là, les chairs abîmées de Madame Vallé aux bains et la fontaine de la Bastille quelque part dans le souvenir que j'ai d'une époque que je n'ai pas connue. Le règne de Napoléon III est pourtant de ma partie. Ma thèse portait sur les auteurs qui ne l'aimaient pas : « Au sujet des écrivains qui n'aimaient pas Napoléon III, qui le leur rendait bien. » Je filais déjà un mauvais coton. À la pointe de la Madone, je me dirige vers la chapelle. Un gars est assis sur le banc, il mange un croissant et boit du café dans un thermos. Ses habits sont kaki, comme une tenue de camouflage. Il ne semble ni militaire ni chasseur. Je le reconnais, c'est le jeune homme qui était en compagnie de Monsieur Colombani chez Xavier. Pas Pierre. L'autre.

— Bonjour, me dit-il.

— Bonjour.

— Vous êtes là tôt…

— Parce que vous m'attendiez ?

— Non, mais généralement, les randonneurs arrivent un peu plus tard dans la matinée.

— Je ne suis pas randonneuse. Je viens chercher la boîte à outils qui est sur l'autel.

— La boîte à outils de Monsieur Bernard ?

— Oui. Vous vous appelez comment, je ne vous l'ai pas demandé hier soir ?

— François Cipriani.

— Les Cipriani aiment parler ?

— Non. Mais, dans la famille, je suis celui qui fait des efforts.

— Que signifie votre tenue ?

— Que je travaille pour les brigades vertes. J'entretiens les chemins forestiers de la commune de Coti-Chiavari. J'assure aussi la surveillance incendie.

— Vous connaissez tous les sentiers de la région ?

— Tous. Et le maquis comme ma poche.

— Les rochers aussi ?

— Les rochers aussi. Capo di Muro m'appartient et cette chapelle est mon toit. Si seulement j'avais le cœur de balancer toutes ces horreurs à la mer.

François Cipriani s'empare de la jambe de bois qui m'a assommée hier.

— Ce n'est même pas la jambe d'un marin. On pourrait le croire pourtant. Vous savez qu'il y a des requins blancs dans le golfe d'Ajaccio ? Des gros qui se rapprochent des côtes. Un jour prochain, les mollets des pêcheurs seront arrachés par leur mâchoire. En attendant, cette jambe-là, c'est une escroquerie. Elle appartient à Pierre-François. Un soir, alors qu'il était ivre mort, il est monté à l'auberge du col Saint-Georges. Là-haut, il s'est encore fait servir à boire. Au moment de repartir, un type aussi saoul que lui et à qui il avait payé des verres l'a suivi et lui a dit : « Tu m'as regardé de travers, non ? » Pierre-François ne lui a pas répondu. En revanche, il l'a regardé. Bon ou mauvais, le regard, on ne le saura jamais. Le type a sorti un flingue de sa poche et a vidé son chargeur dans la jambe de Pé.

— Pé ?

— Pierre-François. Les secours ont dû l'amputer. Dernièrement, il s'est fait poser une nouvelle prothèse, en titane. Il s'est dit que sa jambe de bois ferait bien dans cette chapelle. Moi, je la trouve triste à pleurer. Elle flotte, elle pourrait voir du pays si on la foutait à l'eau. Mais je ne peux pas faire ça, je suis d'ici. Vous, vous pourriez ?

Ce que les Corses peuvent être poétiques. Pourquoi le sont-ils autant ? Et si je ne repartais jamais, et si je restais avec eux pour toujours ? Je prends la jambe de bois et la jette à la mer. Le courant la ramène sur le rivage.

— Je crois qu'elle est bien dans cette chapelle, dis-je en la récupérant et en la replaçant contre l'autel.

François bouge la tête de christ et tire la boîte à outils de Monsieur Bernard.

— Tenez, c'est ce que vous étiez venue chercher.

— Merci. Dites, est-ce que par hasard vous sauriez sur quoi travaillait mon voisin ?

— Sur une sculpture, là-haut dans les rochers.

Il me montre le promontoire escarpé qui surplombe l'anse. Je ne vois aucun chemin qui y mène.

— Parfois, quand il était fatigué, je lui portais sa boîte. Mais je ne regardais pas trop sa sculpture. On la dirait vivante. D'ailleurs, elle vous ressemble.

— Vous pouvez m'y conduire ?

— D'accord, mais alors vite, parce que des chemins m'attendent.

Il prend la boîte à outils et part au pas de course. Mes jambes répondent et j'allonge les foulées. Quand j'accède au sommet, François se tient devant un visage de pierre qui lui arrive au niveau des épaules.

— Restez où vous êtes. Sinon, vous n'apprécierez rien de l'œuvre, me conseille-t-il.

Il n'y a que les yeux. Le reste n'est pas encore taillé. Mais ils suffisent. De la lumière dedans.

De l'intelligence. Des rêves d'une autre condition, d'une autre destinée. Tout ce qui m'a désertée. Tout ce qui nous a tous désertés. Puisque même François Cipriani en a la frousse.

— Je vous avais dit que c'était saisissant. Tant de vie dans un rocher, c'est surnaturel, c'est plus que nous ne serons jamais. Oui, de la vie pour toujours. Ces yeux seront encore là quand nous, nous serons tous morts. Et ce sont vos yeux à vous. Je vous laisse seule vous débrouiller avec votre conscience.

Il dépose la boîte à outils au sol et s'enfuit en courant. Je l'entends crier au loin :

— Des chemins m'attendent ! *À dopu* !

Plus je m'approche de mon portrait moins les yeux sont perçants. Ils deviennent des trous sans intention. Souvent le regard pose problème aux sculpteurs, car comment l'animer ? Certains utilisent des billes, d'autres excavent les pupilles. Monsieur Bernard a évidemment creusé. Il cherchait l'abîme et le secret au fond de l'abîme. Je fais le tour de la sculpture. N'importe qui dirait : « Le travail reste entier. » Quoi, les pommettes, le front, le nez ? Mais que nous apprendraient-ils que nous ne sachions déjà ? Un document est plié sous une pierre. Une lettre plastifiée, constellée d'auréoles salines. Encore l'écriture de Monsieur Bernard : « Mon modèle est ma jeune voisine, qui d'ailleurs avec le temps n'est plus si jeune... » Je m'assois pour mieux lire. Aussi parce que j'ai les jambes coupées.

## * 11 *

*Mon modèle est ma jeune voisine, qui d'ailleurs avec le temps n'est plus si jeune. Je l'ai choisie parce qu'elle est ce qu'il y a de plus proche de moi. J'ai compté, en deux grands pas, je suis à sa porte. Même si je n'y ai encore jamais frappé. Un jour, je finirai par. Ce n'est pas seulement ça, elle a une tête tout ce qu'il y a de plus mortelle, creuse à ne pas en avoir de fond, des pommettes anguleuses et des yeux hâves, pourtant d'une jolie couleur, d'un jaune qui ne se voit nulle part ailleurs. J'ignore à quoi elle joue, elle ne bouge pas de chez elle. La vie l'a délaissée, mais elle a encore un reste de tendresse dans sa façon de regarder ses chaussures quand elle descend ses poubelles. Parfois, je la surprends chez Madame Vallé, la dame impotente du premier étage. Je crois même qu'elle la traite d'éléphant. C'est un vestige de jeunesse qui la rend crâneuse comme ça, elle s'imagine qu'elle finira autrement que nous, mais son sort en est jeté, elle vieillira elle aussi. D'ailleurs, elle maigrit de jour en jour et ses articulations se grippent. Elle a tout du caillou, du rocher, du granit. Ces matières que j'ai décidé de travailler. Pendant quarante ans, j'ai été employé à la fonte des caractères à l'Imprimerie nationale. Mais je n'ai jamais eu beaucoup d'imagination, alors les lettres ne m'ont pas servi à grand-chose. J'avais trente ans quand nous avons édité un catalogue pour une exposition de sculptures romantiques, et j'en suis devenu fanatique. J'ai vu la vie dans les statues plus que dans les humains, j'ai vu la poitrine des bacchantes se soulever et respirer quand moi, je manquais d'air à cause d'une maladie de cœur, pas une histoire d'amour, un cœur vraiment malade, un organe à l'agonie jusqu'à ce que les médecins découvrent un traitement pour ralentir ma déchéance. Ce qui est merveilleux dans la sculpture, c'est qu'il n'y a pas besoin de tant d'imagination, il suffit d'appliquer des règles mathématiques pour aboutir à un résultat qui fascine. Enfin, je parle surtout de la taille et de la mise au point. Parce que le modelage se fiche de l'arithmétique et de la géométrie. Avec la terre, il s'agit vraiment de créer. J'aimais mon métier de fondeur et d'imprimeur. Il me donnait une feuille de paie et le statut de fonctionnaire. Je ne pouvais pas me permettre d'être un marginal comme l'est ma voisine. Mon cœur était malade et il m'aurait tué sans numéro de Sécurité sociale. En revanche, je savais que je consacrerais ma retraite à tailler dans la roche, comme aux travaux forcés, être en lutte et en peine avec la matière, mais vivre avec. Au départ, j'avais décidé de réaliser une madone, parce que tout l'art est madone en ronde-bosse, l'ovale nous contente. Pour mon départ en retraite, mes collègues m'ont offert un séjour en Corse, à Acqua Doria. Quand j'ai découvert Capo di Muro et sa pointe de la Madonuccia, je n'ai plus voulu en bouger. Les rochers orange étaient devenus mes pensées et mon obsession. Plusieurs des petites saintes vierges de l'anse sont de moi, des modelages avant la taille que j'ai tant tardé à réaliser. Le temps passant, j'ai compris que ma grande œuvre ne verrait jamais le jour, et l'ennui et la vieillesse ont gagné. À l'idée d'insuffler la vie à un caillou s'est substituée celle de préparer ma mort. Il suffisait que je réalise une statue du commandeur, ce granit terrible qui viendrait m'ôter l'existence. Et ma voisine a emménagé, elle avait déjà cette tête qui laisse voir son squelette à travers. J'écris cette lettre parce que cette nuit, j'ai beaucoup pensé à elle. Je me suis dit qu'elle avait encore un peu de vie devant elle, même avec son visage si creux, et qu'elle devait sortir de son appartement, de sa neurasthénie, avant qu'il ne soit trop tard. Elle serait bien ici, sur la rive sud d'Ajaccio où tous les habitants sont comme elle, effrayés à la vue d'un soleil qui est plus beau qu'eux. Alors voilà, demain je rentre à Paris et je vais aller frapper à sa porte, en pleine nuit, pour qu'elle s'inquiète de moi, comme elle s'inquiète de Madame Vallé. Je ferai en sorte qu'elle s'attache au petit vieillard et à ses lubies. Un petit vieillard qui sera parfois dur avec elle pour l'attendrir encore. Comme j'aurai cessé d'avaler mes pilules, je finirai par mourir et elle voudra savoir pourquoi et elle sortira de chez elle pour venir jusqu'ici. Petite, tu es là, pas vrai ? Petite, tu me lis ? Ce qui est important, c'est que tu fasses quelque chose de ta vie. Je n'ai pas fini ton portrait, continue-le à ma place et ce sera ton œuvre. Surtout, ne touche pas au regard. C'est le tien, crois-moi.*

## * 12 *

Trois heures. C'est le temps que je passe à fixer la mer. Monsieur Bernard me fout sa mort sur la conscience. Pour que je vive, il se tue. Comment a-t-il fait son calcul ? Je l'aurais sous la main, je lui ressortirais cette phrase que j'ai eue devant le transi de Catherine de Médicis : « De quoi te mêles-tu, vieux con ? » Je reprends sa lettre. L'enfoiré, je ne suis qu'un prétexte à son suicide. Il n'a même pas la décence d'avouer qu'il s'est supprimé par libre arbitre. Et sa vision de moi est terrible. À le lire, je suis une ruine d'Homme. Sans courage et corrompue par une idée bien trop haute de ma personne, qui refuse de rire et de courir après le bonheur comme le commun des mortels. Il se rattrape à la fin, les yeux du portrait sont, dit-il, les miens. Je me retourne. La roche a un regard qui scrute l'horizon avec intelligence et gaîté. Je finirai bien un jour ou l'autre par être enchantée de faire ma connaissance. Avant, il faut que je continue l'œuvre, l'acte de création par lequel je pourrai dire au dernier souffle : « J'ai fait quelque chose », cette « autre chose ». Travailler un rocher, ce n'est pas comme le pousser jusqu'au sommet d'une montagne pour ensuite le regarder dégringoler. Dans la boîte à outils, je me saisis du ciseau et me jette sur la pierre. Je frappe de toutes mes forces, je bataillerai contre la matière jusqu'à plus soif, je deviendrai folle comme toutes les sculptrices qui sont devenues folles. Le ciseau ripe et m'entaille la main, je m'en fous, je n'ai pas mal. Ce n'est pas ça qui fait mal, c'est tout le reste, les promesses qui ne sont jamais tenues. Le temps passe sans que je m'en aperçoive. La nuit tombe et je n'ai rien arraché à la roche. Au large, les feux de route des voiliers s'allument. La mer est un ciel constellé d'étoiles, je ne sais plus où est le haut, où est le bas. J'entends un bruit derrière moi. Un sanglier approche, canines dehors. J'ignorais qu'ils venaient si près du rivage. Celui-là ne déplace pas beaucoup d'air, il se meut à pas méfiants. Je crois que c'est l'odeur du sang qui l'attire. En plus de ma main, j'ai réussi à me couper le visage. Je pensais pourtant que ces animaux ne mangeaient que des glands.

— Viens, n'aie pas peur.

Il grogne et recule.

— Tu connais le surtout de table du duc d'Orléans réalisé par Antoine-Louis Barye ? Moi, c'est un vieux con qui me l'a fait connaître. L'œuvre est constituée de bêtes sauvages comme toi, coulées dans le bronze.

La bestiole se tient immobile, je lui fous les pétoches avec mes conneries. Évidemment, elle n'a jamais entendu parler du surtout de table du duc d'Orléans. J'ai encore chopé une insolation, je parle à un sanglier.

— Dis-moi, est-ce que tu as un cimetière quelque part comme les éléphants où tu puisses prendre conscience de ta propre finitude ?

Pan ! La décharge est violente, l'animal s'écroule, il me regarde avec reproche avant de mourir. Je n'y suis pour rien. Derrière le nuage de fumée, je reconnais Félix et François Cipriani. C'est Félix qui tient le fusil.

— Qu'est-ce que vous fichez encore là à une heure pareille ? me dit-il. La nuit est tombée, je me suis inquiété. Heureusement que j'ai croisé François chez Xavier, qui savait où vous trouver. Ce sanglier aurait pu vous blesser. D'ailleurs, il vous a blessée.

— Non, ce n'est pas lui, c'est ce rocher, là !

Félix regarde mon portrait. C'est certainement la première fois qu'il le voit car il a un mouvement de surprise. Dans le noir, les trous qui font mes yeux sont encore plus vivants.

— Mais c'est vous ?

— Faut croire.

— L'œuvre de Monsieur Bernard, intervient François.

— Vous avez besoin de mines pour travailler cette matière, reprend Félix. Vous n'y arriverez jamais au ciseau. On se débrouillera pour vous trouver des explosifs.

François range la boîte à outils et Félix charge le sanglier sur son dos. Deux heures de marche dans la nuit en compagnie de ces deux êtres humains et de cet animal sans cimetière, et j'imagine que ma vie a pris un tour nouveau.

## * 13 *

Pour me remettre de mes émotions, Félix et François me conduisent à Acqua Doria. Chez Xavier, Félix dépose le sanglier dans un congélateur. Il annonce qu'on le mangera un jour prochain, quand sa mère, la bonne Léonie, sera descendue de la montagne pour le cuisiner. François raconte à Monsieur Colombani, Pierre et Noël comment ils m'ont retrouvée les mains et le visage ensanglantés à côté d'une sculpture plus forte que moi. Pierre balance d'un air tendre : « Pauvre petit sac à foutre. » Je vais vraiment finir par me demander s'il n'est pas demeuré. Il m'entraîne derrière le comptoir et me passe les mains sous le jet d'eau de la machine à pression.

— C'est contre ce portrait dont Monsieur Bernard nous parlait quand nous avions trop bu qu'elle s'est battue, dit François.

Je relève la tête :

— Monsieur Bernard buvait ?
— Non, à cause de ses médicaments, continue François. Mais nous, oui. Il nous confiait ses secrets. Il pensait qu'au matin, on ne se souviendrait plus de rien.
— Le problème, c'est qu'un Corse n'oublie jamais rien, même en buvant et en chantant, intervient Monsieur Colombani.

Pierre prend un torchon propre que Noël lui tend et m'essuie les mains.

— Un soir, il nous a révélé qu'il avait passé deux ans sur le premier œil et trois sur le second, me dit-il.

Revenu de la cuisine, Félix se mêle à la conversation :

— À plusieurs reprises, nous lui avons proposé des explosifs pour que son travail soit plus facile, mais il a toujours refusé. Il disait : « Pas de lutte inégale. »
— La lutte était de toute façon inégale, reprend Monsieur Colombani. Le rocher était intraitable. Votre voisin a cassé plus d'une dizaine de ciseaux à tenter de lui donner forme.
— On vous trouvera de quoi faire sauter la roche, me lance Félix. Pierre, il ne te reste pas un peu de nitro-penthrite ?
— Si, sûrement, je regarderai.

Tout n'était pas con dans la lettre de Monsieur Bernard, je me sens à ma place sur la rive sud d'Ajaccio, au milieu de ces hommes qui m'offrent leur aide. Noël me sert une assiette de charcuterie. Les figatelli, c'est du sang dans de la peau et ça me fait du bien, pour les muscles que je reprends et mon cœur qui pompe sous l'effort. Monsieur Bernard méprisait cet organe en raison du mauvais tour qu'il lui avait joué, sa malformation consécutive à une rubéole. Au Louvre, pas très loin du transi de Catherine de Médicis, il y a une statue en argent, *La Paix* de Chaudet.

— Pour réaliser cette statue, Chaudet a utilisé l'argent des anges du monument au cœur de Louis XIII, m'a dit Monsieur Bernard.

— C'est dégueulasse !

— Tu as raison, c'est dégueulasse d'ériger un monument à un cœur.

Le saucisson est bon. François me dit qu'il provient d'une production privée du hameau de Santa-Amanza. L'heure tourne et mes compagnons se taisent, ils se remettent à boire. Saisie par la torpeur et l'épuisement de cette journée où j'ai fait quelque chose, je m'endors la tête contre le comptoir. Dans mon sommeil, j'entends les paroles d'une chanson que je connais bien maintenant :

*Dans le soir au parfum lourd, au gré de la fumée lente, le fumeur se représente les plus beaux rêves d'amour, puisqu'on dit que le bonheur n'existe pas sur la terre, que l'aile de mes chimères puisse nous conduire ailleurs.*

*Opium*, l'air triste de Monsieur Colombani qui porte une marinière parce qu'il a un jour vécu sur une jonque chinoise.

## * 14 *

J'ignore comment je suis rentrée et comment je me suis retrouvée au lit avec seulement mon tee-shirt sur moi comme j'ai l'habitude de dormir. Après tout, ce sont des événements pratiques qui ne me concernent pas. Dans la nuit, un oiseau est entré par ma fenêtre et a fait son nid au sommet du rocher. Épuisé par son vol qui le ramenait d'Afrique, il s'est posé dans ma chambre, pensant avoir affaire à un récif à fleur d'eau. Si Félix le voit, il va le crever à coups de chevrotine. Je sors sur la pointe des pieds pour ne pas l'effrayer, il risquerait de s'envoler, de se cogner aux murs et de réveiller le chasseur. L'ordinateur du salon est allumé, je me connecte à Internet pour consulter mon compte bancaire. Le solde est de cinq cent trente-quatre euros. Je pourrais commencer à payer quelque chose, j'ai de quoi. Depuis mon arrivée, je n'ai rien déboursé, Félix et Chez Xavier me nourrissent. Ils font en sorte que j'aie assez de force pour rester éveillée jusqu'à leurs chansons. La boulangère est passée. Le pain et le *Corse-Matin* sont posés sur la table de la terrasse. Hier, c'était la kermesse d'Aullène et personne n'a été tué. Heureusement, la rubrique nécrologique satisfera la morbidité de Félix. Les avis de décès occupent toute la page deux du journal, avec des photos de très vieilles personnes.

Sur la route pour Capo di Muro, la pluie se met à tomber dru et me trempe jusqu'aux os qui sont tout de suite sous ma peau. Le sentier du cap est un torrent qui emporte la terre et le sable vers la mer houleuse. Tout est déchaîné, l'odeur de la végétation est plus forte, mes sens en sont retournés. Au canyon, Madame Vallé est un éléphant qui s'arrose de sa trompe et se roule dans la boue, rouge comme ses congénères du Tsavo, là-bas au Kenya. Les saintes vierges de la pointe sont quant à elles lugubres. Tombées sous les rafales, elles ont été englouties par le sable, comme la statue de la Liberté dans *La Planète des singes*. Je suis l'homme blessé au cou qui ne sait plus parler. Un doigt sur la poitrine, je me défends : « Homme, homme… », mais les sons restent bloqués dans ma gorge. La boîte à outils est à l'endroit où François l'a redéposée hier soir, entre un filet de pêche et la tête de christ. Mes doigts sont mouillés, la poignée glisse. Sur le promontoire, mon portrait aussi ruisselle. Au sommet de la sculpture, une excavation naturelle que Monsieur Bernard n'a pas eu le temps de corriger boit l'eau de pluie. Des bulles d'air remontent et explosent à la surface. Je ne sais pas comment je dois prendre le fait qu'un peu de vie émerge de cette cave qui est une représentation de moi. Le ciseau en main, je l'attaque. Dans l'ordre renversé des nuages et du vent, inutile de penser à la fracturer, l'inciser serait déjà inespéré. La nature règne en maître et mon outil est pauvre. Je peux y mettre tout mon cerveau et tout mon bras, Vénus sortant de l'eau demeurera l'œuvre d'un autre. La lame dérape, mes pieds suivent le même mouvement et je me retrouve au sol. Le combat est réel, la matière me donne des coups qui ne m'ont jamais été portés. D'une puissance qui vient des fondements de la terre et des océans. Je me redresse pour retomber. La pierre gagne à tous les coups, mon ciseau gicle au loin. Les bourrasques se mêlent à la partie et m'envoient du varech au visage, de la même substance gluante que mes cheveux plaqués contre mes joues, enroulés autour de mon cou, agrippés comme des sangsues. Je sens bien que le temps file, mais sous les trombes, impossible de juger des variations du jour. La lumière est si glauque que la nuit est peut-être déjà tombée. Et si deux étaient déjà passées. Je me suis mille fois baissée pour ramasser mon instrument et la tête me tourne. Soudain, j'ai terriblement chaud, le soleil est revenu, plus brûlant qu'avant la pluie. Les cinq bouteilles que j'avais emportées sont vides. Un fond de liquide brumeux flotte dans le trou au sommet de la sculpture. Je le lape comme si j'étais au pays de la soif. Mes lèvres sont gercées, le sel me cuit. Mes genoux sont écorchés, les croûtes sont vieilles. Je balance mon crâne d'avant en arrière, je me cogne à la pierre, mes oreilles bourdonnent. La mer devant moi est claire et clémente. Quelle heure est-il ? Je me redresse et soulève mon ciseau d'un reliquat de vigueur, de mes nerfs à vif plus sauvages et plus terribles que mes muscles. L'outil s'abat sur le caillou. Un éclat de granit s'envole, prisme se décomposant dans la lumière. Je distingue une légère cassure dans la sculpture, une dislocation irréversible qui donne la direction de mon œuvre. Le rocher a lâché prise, je fais comme lui, je m'écroule. Des larmes coulent sur mes joues, aussitôt séchées par le soleil au zénith. Quelqu'un verse de l'eau dans ma bouche, j'ouvre les yeux et aperçois Félix, une bouteille à la main.

— Dans votre lettre, vous me demandiez de ne pas venir vous chercher...

— Je vous ai écrit une lettre ?

— Vous l'avez laissée sur la table du salon avec le *Corse-Matin*, il y a quatre jours.

— Quatre jours ?

— C'est ça. Vous m'avez écrit que vous aviez besoin d'être seule face aux éléments.

— Quatre jours ? Mais j'ai mangé quoi, j'ai bu quoi pendant quatre jours ?

— Je ne peux pas vous dire. Ce que je sais, c'est que vous reprenez l'avion demain matin.

— Non.

— Si, je vous assure.

— Non, je veux rester chez vous. Regardez, j'ai arraché un morceau à la matière.

Félix se penche vers le rocher. Il ne voit pas la césure. Je la lui montre. Pour toute réponse, il m'aide à me relever. Il me soutient pendant tout le chemin retour. D'après ce qu'il me raconte, un oiseau a fait son nid dans ma chambre. Il ne lui a pas tiré dessus.

# * 15 *

À la maison, Félix m'installe directement au lit. Sur le rocher, l'oiseau chante. De la même manière que les poissons de la mer Adriatique donnaient un organisme à la statue de bronze, cet oiseau devient le cœur de la pierre. Je tremble, Félix remonte le drap sur moi. Il regarde la photo de Monsieur Bernard que j'ai posée sur ma table de chevet, celle où il est blond aux yeux bleus et où j'aurais pu l'aimer, comme ce blond aux yeux bleus que j'aime encore et qui nage dans la mer ambrée et sirupeuse d'au-delà du mur d'Hadrien.

— C'est vous qui avez retourné la photo de ma femme ? me demande-t-il.

— J'ai pensé que c'était mieux.

— Vous avez bien fait, je ne l'ai pas redressée depuis. Vous savez, je pensais qu'elle resterait toute la vie.

— Comment vouliez-vous ? Je ne suis pas certaine, mais je crois que les femmes aiment les couchers de soleil sur la mer. Il aurait fallu que vous les regardiez ensemble mais vous, vous aviez trop peur d'apercevoir le rayon vert dont la physique vous échappe.

— J'ai du mal à vous comprendre, vous savez ?

J'ai de la fièvre, peut-être que mes propos sont incohérents, ils le sont depuis longtemps. Félix refuse de regarder le soleil en face parce qu'il a la frousse de l'univers et de tout ce qui se trame derrière, ces mystères qui font qu'être corse ne constitue pas une identité. Même être humain, ce n'est rien comparé à tout ce qui est plus grand. Il déplie mes trois *Corse-Matin* de retard, il a besoin de me raconter ce que j'ai manqué : un homme a été abattu de six balles dans le dos à Bastelica, un autre d'une balle dans la bouche à Sainte-Lucie, encore un autre de deux balles dans le cœur à Corte.

— Vraiment, ils savent vivre dans la montagne, dit-il.

Ses paroles à lui aussi sont bizarres. Je m'assoupis. Dans mon demi-sommeil, je distingue encore sa voix. Je crois même que je lui réponds.

— Vous voulez rester ici, en Corse ?
— Oui, j'ai un combat à mener contre la matière.
— Il va falloir vous trouver un travail à côté. Que savez-vous faire ?
— Serveuse.
— Chez Xavier, peut-être.

Je m'endors et rêve de Monsieur Bernard. Il se tient debout à la pointe de Capo di Muro, ses mèches blanches sont soufflées par le vent du large. Il devine les périls de la mer, les vagues puissantes qui nous attrapent par les pieds et nous entraînent par le fond. Selon quelle règle remontons-nous à la surface ? Derrière lui, la sculpture se dresse, austère. Des deux trous sombres qui font les yeux, des bras jaillissent, musculeux et nerveux, et le poussent à l'eau. Monsieur Bernard se débat mais l'écume a raison de lui. Son visage émerge une dernière fois, déformé par la peur. De sa bouche grande ouverte sort le chant ignoble des sirènes. Je me réveille en sursaut. Félix, Pierre et Noël sont autour du lit.

— J'ai fait venir Noël, il est d'accord pour vous embaucher comme serveuse, m'apprend Félix.

Je ne sais pas quoi répondre, je suis toute transpirante de mon rêve et de ma fièvre. Pierre s'assoit près de moi et me caresse la joue, comme la dernière fois.

— Sac à foutre, on va bien s'occuper de toi.

Les lèvres toujours closes de sécheresse, je retombe en arrière et sombre.

LIVRE III

# LA MÉTAMORPHOSE

* 1 *

Tout est calme. Je n'entends plus l'oiseau, cœur du rocher, chanter. Je me retourne dans mon lit, le mouvement m'arrache un cri plaintif, mon dos me fait mal. Un homme est allongé à côté de moi. Je me redresse sur un coude et me penche au-dessus de lui : il est endormi. Sa respiration est bruyante, comme empêchée par des bronches malades. L'air chargé qu'il expire fait vibrer ses lèvres flasques et violettes. Il ressemble à Pierre, le jeune homme de *Chez Xavier*. Seulement, il a presque quarante ans de plus. Son front est dégarni, ses sourcils broussailleux. Des poils, il en a aussi dans les oreilles. J'approche ma main de sa joue mal rasée, je passe un doigt sur les vaisseaux sanguins que l'alcool a fait éclater aux ailes de son nez. Pourquoi un vieil ivrogne dort-il dans mon lit ? Sur ma table de chevet, le portrait de Monsieur Bernard est toujours à sa place, belle tête de Sarde. Comment sais-je à quoi ressemble une tête de Sarde ? En posant mes pieds au sol, le froid me saisit. Le soleil du matin inonde pourtant la chambre. J'en fais le tour, ce n'est pas celle que j'habite chez Félix. Il n'y a pas de rocher et sur les meubles traînent des souvenirs qu'il me semble avoir moi-même amassés, des pierres étiquetées et des dates inscrites dessus : le jour où mon coup de ciseau les a arrachées à un tout plus grand. Je tends mes mains devant moi. Ma peau est fine, les veines sont épaisses et les taches nombreuses. Mon dos me torture, je tombe à genoux dans une robe de nuit en coton blanc avec des petites fleurs brodées. Le vieillard se réveille et me dit :

— Que se passe-t-il, ma chérie ?

Pierre, c'est lui. Ma nuisette de vieille dame se trempe de sueur. J'ai si froid.

— Depuis quand m'appelles-tu « ma chérie » ?
— Vingt ans.

Je vacille, mes mains qui ne sont plus que des os, résultat auquel je voulais tant parvenir, se posent sur ma bouche. La question que je dois poser m'effraie :

— La première fois que tu m'as appelée « sac à foutre », c'était quand ?
— Il y a quarante ans. Mais qu'est-ce qui te prend ?

Mon dos me tire, je sens qu'une bosse m'a poussé sur l'épaule droite ou peut-être en dessous. Pendant des années, j'ai dû mal me tenir. La douleur est intolérable, c'est celle d'os brisés. Les mains dans les reins, j'avance vers un miroir. Le transi de Catherine de Médicis s'y reflète. Une femme au visage plus maigre qu'au temps de sa jeunesse, des cheveux blancs, longs et filasses. Des yeux étonnés, les miens. Suis-je sénile ? Est-ce le moyen que j'ai trouvé pour tenir : oublier que quarante ans ont passé depuis que j'ai eu quarante ans ?

— Tu me parais faible ce matin, me dit Pierre. Tu es sûre de vouloir aller travailler à ta sculpture ?

Ma sculpture existe donc ? Quel âge a-t-elle maintenant ? Je me rends dans la salle de bains, elle est au bout du couloir. Sur toutes les étagères, des produits à base d'hélichryse, l'immortelle, la fleur de l'île que je n'ai pas quittée. Je fais glisser ma robe de nuit. Toute nue, je suis maigre de partout, sauf du ventre qui est mou et retombe comme un tablier. Au pubis, mes poils ont quasiment tous disparu, ceux qui restent sont gris. Pierre s'approche par-derrière et se met à masser ma bosse. Ça me fait du bien. Peut-être ne s'agit-il que d'un nœud musculaire.

— Ce foutu os qui t'a poussé dans le dos ! dit-il.

Oh, c'est bien un os.

— Tu l'as tellement voulu, à force de te pencher sur ton rocher, à force de vouloir être lui. Ce matin, je vais t'accompagner en voiture jusqu'à la piste.

Il m'aide à entrer dans la douche. Un siège pour handicapés est installé dans la cabine, j'imagine que c'est pour moi. J'ouvre le bouton d'eau chaude pour ne plus avoir froid. Les vieilles dames ne pleurent pas. Sinon, je pleurerais.

## * 2 *

Après ma douche, Pierre m'assoit de mon côté du lit. Je sais que c'est mon côté, parce qu'il y a la photo de Monsieur Bernard sur la table de chevet. Pierre est à mes pieds et lace mes chaussures, des tennis blanches qu'on se procure en pharmacie quand on est vieux. Il se relève et rigole en me voyant avec le portrait de mon ancien voisin entre les mains.

— Dire que j'aurai passé mes nuits sous l'œil de cette tête de Sarde !

C'est comme ça que je sais que Monsieur Bernard a une tête de Sarde, parce que Pierre me l'a répété pendant quarante ans. Les Corses n'aiment pas les Sardes, qui ont les yeux bleus et les cheveux blonds, ils sont ennemis héréditaires. Dans la voiture, j'appuie ma tête contre la vitre, je regarde la mer. Elle n'a pas changé. Le maquis non plus. Il y a très peu de constructions nouvelles, le littoral a été préservé. Quand on vieillit, on perd la mémoire immédiate, mais on se souvient de choses anciennes. J'étais une gamine très gaie, je souriais tout le temps, je croyais en l'avenir. Pierre me jette un œil tendre. Je lui demande :

— Avons-nous eu des enfants ?
— Non, tu le sais bien. Nous n'en voulions pas.
— Nous nous sommes mariés ?

— Non plus. Mais on peut demander à Mika d'organiser ça.

Mika ? C'est sûrement le maire.

— Non, ça ira bien. Ce n'est plus l'heure.

Je regarde mon poignet. Les vieux ont des montres, j'en ai une. Le bracelet flotte, il est trop lâche pour mes attaches fines. À Capo di Muro, j'aperçois finalement quelques maisons récentes. Pas sur le cap lui-même, qui est protégé, mais aux abords. J'ai laissé faire ça ? Ne m'avait-on pas proposé des explosifs à une époque ? Je descends de la voiture et la contourne à petits pas. La fenêtre de Pierre est ouverte, je lui baise le front.

— Fais attention à toi, me dit-il. Marcher au soleil, ce n'est plus de ton âge.

Je lui tapote la main, de ce geste des personnes qui ont été mises dans la confidence : tout ça pour ça, en finir là. Il me sourit encore, je lui souris en retour. Tout à l'heure, j'ai vu dans le miroir de la salle de bains que j'avais gardé toutes mes dents. Sûrement pour les montrer à ce gentil monsieur qui m'a conduite en voiture jusque-là.

— Et toi, que vas-tu faire ?
— Je vais passer chez Xavier.
— Le bar existe toujours ?
— Bien sûr, nous en sommes devenus les propriétaires, nous l'avons racheté à Noël qui est parti pêcher la truite en montagne.

— C'est donc ce que j'ai fait de ma vie, être patron, tenir un bar...

— Oui, d'une main de maître, tu te faufiles entre les tables comme personne.

— Je suis sociable ?

— À un point que tu ne sembles malheureusement plus capable d'imaginer. Tu restes tard la nuit, tu bois de l'eau-de-vie et quand tu chantes *Opium*, on te croirait en train de pleurer les colonies.

— « À l'abri du demi-jour, les lanternes qui se voilent sont de petites étoiles qui pâlissent tour à tour... » Je bois de l'eau-de-vie ?

— Le seul alcool que tu es capable d'avaler.

— Pour son nom ?

— Non, parce qu'il se prend cul sec, comme un médicament qui a mauvais goût.

— Et ma sculpture ?

— C'est le plus clair de ton temps, c'est toi à l'épreuve de la fatigue.

— Tu l'as vue, tu en penses quoi ?

— Évidemment que je l'ai vue. Mais je n'y entends rien en art. Tous ces livres que tu as rapportés de Paris, j'ai pourtant essayé de m'y intéresser.

— Avant tu ne savais dire que sac à foutre, pire que le *sciemu di u paese*, et maintenant, tu parles comme si tu avais toujours eu la science infuse.

— En quarante ans, on apprend.

— C'est moi qui t'ai appris ?

Il fait « oui » de sa tête couperosée, rouge comme un gros cochon sauvage du val d'Ese.

— Mais je ne savais plus aligner deux mots quand je suis arrivée en Corse, je ne faisais que réciter les manuels d'histoire de l'art de Monsieur Bernard.

— En faisant le service chez Xavier, en parlant aux clients et aux amis, tu t'es souvenue des verbes que tu avais oubliés après ce premier jour où tu as été professeur de français et où tu as capitulé. Allez, il faut que tu y ailles maintenant, le soleil commence à taper fort.

Il se penche vers la boîte à gants et en sort une casquette de chasseur qu'il pose avec douceur sur mes cheveux blancs.

— Je n'ai pas de canne ?

— Si tu avais accepté d'en prendre une, peut-être qu'aujourd'hui, tu n'aurais pas cette bosse sur le dos. *À dopu.*

À plus tard, vieil homme et vieille femme qui pensent qu'ils se reverront. Je marche courbée sur le chemin. Est-ce honteux d'être bossue à quatre-vingts ans ? Je crois avoir été belle, mais sans jamais le savoir. Je n'ai aucun regret de ne pas en avoir profité, un autre l'a fait à ma place, Monsieur Bernard qui m'a dessinée. Le chemin qui mène à l'arbousier s'allonge à mesure que j'avance. Mes tennis blanches jaunissent sous la terre, je me heurte aux cailloux, j'enfonce la casquette plus fort sur mon crâne, la même que Félix m'avait prêtée. Je me rappelle maintenant, Félix est mort depuis vingt ans.

Un soir où il avait trop pleuré devant le soleil couchant de Cala d'Orzu, où ses yeux s'étaient creusés de ses trop longues veilles sur l'horizon, il a pris le volant de son 4X4 et est remonté dans le nord de l'île, à Moltifao, le village de montagne de sa mère, la bonne Léonie. Là-haut, c'est mal famé, plein de gros cochons sauvages et de tontes. La saison de la chasse était ouverte, il est entré au bar de la mairie et a lancé de mauvais regards. Les gars du coin ne s'en sont pas formalisés, ils le connaissaient depuis qu'il était gamin. En revanche, un type d'Île-Rousse n'a pas supporté, il a pris son fusil, celui avec lequel il venait d'abattre un sanglier, et a tiré. Avant de mourir, Félix a dit : « Dans la montagne, la fraternité est plus forte. » Sa maison a été rachetée par des gens du continent qui ont fait sauter le rocher dans la chambre, pour dégager de la place, peut-être aussi pour se débarrasser de son radon. La veillée a duré trois jours. Les Corses, puisqu'ils se donnent la mort, n'ont pas peur des cadavres. Le corps est regardé et embrassé, même félicité et envié. Passer de vie à trépas, c'est l'acte social par excellence. À l'enterrement, j'ai porté le cercueil. Félix avait été très important pour moi, il m'avait convertie à *Corse-Matin*. Le journal était devenu mon centre de gravité, il avait rendu mon existence paysanne, m'annonçant le temps des figues, le temps des champignons, le temps des châtaignes, le temps des oursins, le temps des kermesses. La femme de Félix était présente au cimetière, elle pleurait beaucoup. Peut-être se croyait-elle responsable du désespoir de son ancien mari. Comment lui faire comprendre que la faute en revenait aux dernières lueurs, à cette boule orange dans le ciel qui dit : « Demain, je me lèverai de nouveau, jusqu'au jour où… » Boum, comme les nuits bleues d'Ajaccio.

J'entends une tronçonneuse au loin. Ce ne peut pas être François, François n'est plus aux brigades vertes depuis longtemps. Une cataracte a attaqué sa vue, il est incapable de prévenir les incendies. Un homme d'une trentaine d'années se tient dans le sentier. Il est torse nu et beau, comme la jeunesse est belle. En me voyant, il coupe le moteur de sa machine.

— Vous voilà ! Je vais vous aider à aller jusqu'à la pointe !

Il touche ma bosse. Fait-il un vœu ? Pas celui d'une autre vie, j'espère. Ouvrir des chemins sur la mer, c'est déjà trop de bonheur. Il laisse tomber sa tronçonneuse au milieu des arbustes et me prend sur son dos.

— Que faites-vous ?
— Ce que je fais tous les jours, je vous porte.

Je sens sa peau, elle glisse sous mes doigts. De deux dos une bosse, nous faisons un être qui ne s'est jamais vu, la fraternité poussée à l'extrême. J'en connais qui trouveraient ça cracra, la fraternité entre un jeune homme et une vieille dame.

## * 3 *

En réalité, ce n'est pas très agréable d'être portée sur le dos d'un garçon. Mon menton cogne sur son épaule. Si je n'ai pas la maladie de Parkinson, je tremble en tout cas de la même manière. Mes dents s'entrechoquent comme les cailloux de Bocognano, dans le lit de la Gravona, comme les pierres de la Castagna sur le rivage.

— Chantez-moi *Opium*, c'est toujours ce que vous me chantez quand nous sommes sur le chemin, me demande le jeune homme.

Encore *Opium* ? Du matin jusqu'au soir, j'entonne cette chanson : « Au paradis enchanteur plein de merveilleux mensonges, dans l'ivresse de mes songes, j'ai laissé prendre mon cœur. » Ma voix chevrote. Difficile à quatre-vingts ans, sur le dos d'un jeune homme, de tenir la note.

— J'aime vous entendre me raconter comment vous avez tenu un bordel sur une jonque dans le port de Saigon, avec des filles annamites.

— Je t'ai raconté ça ? Et tu y as cru ? Mais quand je suis née, l'Indochine n'était plus française depuis vingt ans…

— Et comment j'étais censé le savoir, moi ?

— L'école aurait dû te l'apprendre.

— Elle ne m'a rien appris du tout, parce que vous aviez

renoncé à être professeur.

Mince, la douleur ! Je lâche son cou et tombe à la renverse. Il me rattrape de justesse, avant la rencontre qu'un jour il faudra bien que ma tête fasse avec un rocher.

— Ça va ? me demande-t-il en m'asseyant sous un arbre.

Je reprends mon souffle, il est court. Mes cheveux rentrent dans ma bouche. Le jeune homme les repousse de mon visage comme si j'avais encore sa fougue, comme s'il allait me caresser, et il me caresse.

— Il ne faut pas vous mettre dans des états pareils.
— J'ai tenu, j'ai tenu jusqu'au bout, lui dis-je en pleurant, parce que les vieilles dames en réalité pleurent aussi.
— Oui, et bien tenu. On se fout que vous ayez renoncé à l'Éducation nationale, vous n'êtes responsable de rien.

Il me prend par la main et m'aide à me redresser.

— Aujourd'hui, on va y aller main dans la main, d'accord ?
— D'accord, Jean-Baptiste.

Son prénom m'est revenu, comme ça, d'un coup. C'est facile, il est torse nu comme son saint sur les tableaux.

— De l'histoire de l'art, je t'en ai parlé ?
— Beaucoup, vous m'avez même prêté vos livres. Quand j'étais enfant, vous m'avez tricoté un bonnet de laine pour me faire ressembler aux pêcheurs d'en dessous du Vésuve.

— Tu es le petit-neveu de François, c'est bien ça ?

— Oui. Vous avez perdu la mémoire ?

— Pas vraiment, je me suis endormie à trente-huit ans et me suis réveillée à quatre-vingts. Avant, je n'avais pas de bosse dans le dos.

— Je sais. À dix ans, j'étais amoureux de vous, mais vous, vous n'aimiez personne.

— Pas même Pierre ?

— Surtout pas Pierre. Pierre n'est qu'une simple composante de l'île où vous avez fait quelque chose de votre vie.

— Je n'ai aimé personne ?

— Si, un homme pour qui vous aviez une bouteille d'alcool chez vous, il en a bu deux verres et il est parti.

— Je t'ai raconté ça aussi ?

Le client du Saint-Jean, le bar de la rue des Abbesses. Il buvait son single malt, sauf quand il faisait chaud et qu'il commandait un mojito. Plongé dans le fond de son verre, il était attirant : le blond aux yeux bleus que j'aimais, semblable au portrait de Monsieur Bernard qui avait une bonne tête de Sarde. Mais peut-être que j'ai déjà dit tout ça. Je radote, je suis vieille. À force de main dans la main, Jean-Baptiste et moi arrivons au canyon, le rocher qui se découpe dans la paroi n'est pas érodé, j'y reconnais Madame Vallé. De son plot d'éléphant, elle m'avait dit : « Oui, vous êtes encore jeune. Alors, vous reviendrez. » Sa prédiction s'est réalisée. J'ai repris l'avion, pour vider mon appartement et régler les problèmes administratifs liés à mon installation en Corse. Dans le hall de mon immeuble, j'ai croisé l'aide à domicile de ma voisine, qui m'a appris son hospitalisation. Les médecins n'étaient pas confiants, le système lymphatique avait complètement lâché. Je me suis rendue à son chevet, au service hématologie de l'hôpital Saint-Louis. Elle était dans le coma. Le cimetière des éléphants n'existe pas, il n'y a que des mouroirs. Madame Vallé a crevé là et moi, aujourd'hui, j'ai quatre-vingts ans. Avant de quitter Paris définitivement, j'ai rapporté la bouteille de Glenmorangie au Saint-Jean, pour ne pas la gâcher. Ensuite, j'ai fait un détour par Autun, la crainte de mes parents s'était dissipée, ils étaient soulagés de mon déménagement en Corse, rien n'était plus politique sur cette île, tout était banditisme, et ils me croyaient encore assez saine d'esprit pour ne pas rejoindre la Brise de Mer ou le Petit Bar. À plusieurs reprises, ils sont venus me rendre visite. Devant les paysages accores de la région, mon père se posait cette question, qui était la mienne depuis toujours : qu'étaient-ils allés faire en Saône-et-Loire ? Je suis retournée deux fois sur le continent. D'abord pour l'enterrement de ma mère. Ensuite pour celui de mon père. Ils sont morts fatigués, mais heureux. Leur vie avait eu de beaux moments. C'est ce que j'ai cru comprendre de leurs dernières paroles. À chacun, j'ai souri. Mon père a reconnu ma singerie.

Jean-Baptiste me serre la main plus fort, nous sommes en vue de la pointe de la Madone et il sait que cet endroit m'émeut chaque fois, c'est mon morceau de rocher sur la mer, comme tous les rêveurs en ont un.

## * 4 *

Agenouillée devant ma statue, je suis secouée d'un rire nerveux qui transforme mes traits de vieille femme en plis de démente centenaire. Jean-Baptiste me regarde avec crainte, il ne comprend pas l'hilarité qui accompagne mon désarroi. La situation est pourtant tordante, en quarante ans, mon portrait n'a pas évolué. L'alvéole au sommet du crâne s'est creusée, formant un renflement à la surface, comme une bosse. Mais ce n'est pas mon œuvre, c'est celle des tempêtes de l'hiver. Je me retourne vers Jean-Baptiste :

— Tu m'as vue travailler cette roche ?

— Oui, tous les jours depuis l'enfance.

— M'as-tu vue en arracher des morceaux ?

— Jamais. Selon la légende, au tout début, à votre arrivée en Corse, vous en avez détaché un petit éclat qui s'est perdu dans les airs.

— Ces cailloux que j'ai chez moi, numérotés et datés, d'où viennent-ils ?

— Vous les avez ramassés sur le chemin. Votre statue, vous l'avez taillée mentalement. Chacune des pierres posées sur votre meuble représente un coup que vous avez porté au rocher et qui n'a rien changé.

— Ça sert à quoi que je continue ?

— À ce que vous y arriviez un jour !

— Félix m'avait proposé des pains de plastic…

Une nuit, dix ans avant le décès de Félix, nous étions tous au comptoir de Chez Xavier à boire. Moi, de l'eau-de-vie. Tellement qu'au lieu de chanter *Opium*, je hurlais les paroles de *Cayenne* : « Mort aux vaches, mort aux condés ! » Félix et Pierre sont passés dans la réserve et sont revenus avec des explosifs qu'ils m'ont mis de force dans les mains. Monsieur Colombani aussi était là et disait :

— Cela fait des années que vous luttez comme une bête contre le rocher de Monsieur Bernard et cela ne donne toujours rien !

— Comment ça, rien ? C'est moi ! C'est bien moi ! Tout le monde reconnaît mon regard ! En donnant des coups dans le vide, je pense l'œuvre dans sa finalité, j'en fais une construction mentale, vous comprenez, *cuglione* ?

— Putain de sac à foutre qui se veut plus intelligent qu'un sac à foutre ! s'est exclamé Pierre.

— Et tous vos livres à la con ! a repris Monsieur Colombani. Et toutes ces leçons que vous nous donnez sur untel qui a réalisé des sangliers en bronze, untel qui a sculpté des divinités grecques ! Baste, au pain de plastic, l'artiste !

Jean-Baptiste a récupéré la boîte à outils dans la chapelle. Le marteau pèse lourd au bout de mon bras. Je cogne contre la roche pendant des heures. Il me regarde faire sans me proposer son aide. Je le lui ai interdit. Pas d'apprenti, pas d'atelier pour cette commande-là. La seule aide que j'accepte, c'est celle de ma bosse qui m'attire vers le bas, au plus près de la matière.

* 5 *

Le ciel s'embrase et dit : « Fin du travail, le soir va tomber. » Mon corps est rompu de fatigue, ma bosse me tire. La lumière, l'air et l'eau seuls m'ont gardée en vie. Jean-Baptiste me donne son bras. De tout l'après-midi, il n'a pas ouvert la bouche. Il m'a regardée souffrir et haleter, respectant mon vœu d'un combat à mains nues, partageant ma sensation intime de ne pas avoir gâché ma journée. En conservant son masque de marbre de Carrare, ma sculpture quant à elle refuse de témoigner de mon travail ouvrier, ne serait-ce que de mon opiniâtreté. Ce n'est pas très grave, les trous profonds qui font mes yeux scrutent l'horizon, ils y lisent un présage : « Les choses s'accompliront. » À mesure que je frappais dans le vide, ma mémoire est revenue. Je peux exhumer n'importe quel souvenir, du plus lointain au plus récent. D'ailleurs, sur le chemin retour, devant une forme en bronze posée au milieu des pins, je n'ai pas à interroger Jean-Baptiste sur ce qu'elle représente :

— Comment la commune de Coti a-t-elle pu me passer une commande pareille ? Tu y reconnais un sanglier, toi ?

Jean-Baptiste me sourit et serre ma main toujours plus fort, comme quand il était petit et qu'il m'aimait.

— Si on s'approche, on distingue les canines, me dit-il. Mais vous savez bien que le maire vous a demandé de réaliser ce bronze pour que vous ne finissiez pas folle comme toutes ces sculptrices qui sont devenues folles, faute de commande.

— Tu as retenu chacune de mes leçons, pas vrai ? Tu te rappelles quand je vous ai tous emmenés, les gamins d'Acqua Doria, sur la place du Général-de-Gaulle à Ajaccio, pour admirer la statue de Napoléon réalisée par Antoine-Louis Barye ? Vous avez trouvé l'ensemble sans intérêt, à cause des chiures de mouettes qui dégoulinaient sur le visage de l'empereur. De toute façon, vous n'aimiez pas Napoléon, traître à son île, Corse français. Vous ne juriez que par Pascal Paoli.

— Oui, je m'en souviens. Pour que Barye trouve grâce à nos yeux, vous nous avez parlé des sangliers qu'il sculptait. Rentrés au village, vous nous avez montré tous les livres de Monsieur Bernard.

J'avais renoncé à enseigner le français dans un lycée de la région parisienne parce que j'étais convaincue de mon incapacité à faire progresser l'être humain, moi par la même occasion. Mais ces petits Corses qui finiraient un jour ou l'autre par s'entretuer dans la montagne ou boire sur le rivage, je n'avais plus rien à leur apprendre. Alors, autant leur parler de Barye et leur confier des manuels d'histoire de l'art, pour qu'ils puissent faire connaissance avec les ruines. Quelles images plus anciennes suis-je capable de convoquer ? Celles d'une enfance joyeuse en pavillon de banlieue avec des parents aimants et confiants ? Quel événement universel ou particulier a provoqué la rupture, l'isolement dans mon appartement, la perte du langage commun au profit d'une syntaxe propre, jusqu'à ma rencontre avec mon voisin et mon départ pour la Corse ? Aucun, ni guerre, ni famine, ni crise, ni violence. Les liens qui me retenaient à la société, à la quête du bonheur qu'elle impose, s'étaient tout simplement délités, sans que j'y fasse attention, sans que je tente d'y remédier. Et j'ai atterri sur une île de non-droit où un maire m'a donné de l'argent public pour que je réalise la sculpture d'un sanglier. Sauf que le bronze que j'ai sous les yeux ressemble à une bouse de vache sauvage du moulin de Verghia, et que les Corses respectent l'État bien mieux que moi, ils acceptent de rouler en voiture électrique quand les tribunaux leur ont retiré leur permis de conduire. C'est dans un de ces véhicules que Jean-Baptiste me fait grimper après avoir récupéré sa tronçonneuse près de l'arbousier. Comme j'ai eu raison de lui mettre le nez dans les livres de Monsieur Bernard lorsqu'il était enfant. Avant les nuits de beuverie, les filles et la cocaïne, celle de la Brise de Mer ou du Petit Bar, il a eu un aperçu de ce que les hommes laissent derrière eux, un tas de pierres qui singent leur nature.

* 6 *

Jean-Baptiste me dépose devant Chez Xavier, qui est en réalité Chez Pierre & Chez moi désormais. Une tête de sanglier est fixée au mur. L'animal que nous avons mangé un soir que la bonne Léonie, la mère de Félix, est descendue de Moltifao pour le cuisiner, au jus noir de myrte. La bestiole est restée longtemps dans le congélateur après sa mort soudaine près de ma sculpture. Manger du sanglier ne fait pas vivre plus vieux comme les oursins, j'ai pourtant atteint les quatre-vingts ans sans avoir trop mal, un comble pour quelqu'un qui n'était pas très en accord avec le fait d'exister. François est au comptoir, Pierre derrière. L'ancien employé des brigades vertes a conservé son allure sèche et noueuse. Sur sa peau d'homme du dehors, cet être qui succède à l'Homme des cavernes, parce que le Corse n'est pas le chaînon manquant de l'évolution, comme voudraient bien nous le faire croire ceux qui n'arrivent pas à déterminer si l'île est végétale ou animale, je peux sentir tout le maquis : lentisque, arbousier, fenouil sauvage et autres ombellifères. Une odeur de cramé aussi, quand le soleil a embrasé les fourrés racornis et que François a plongé dedans pour sauver ce qu'il y avait à sauver, le chant funèbre des oiseaux qui avaient fait leur nid là. Ce sont ses yeux qui le rendent vieux, cette cataracte qui l'oblige à se pencher sur son verre pour s'assurer que Pierre n'a pas versé dans sa mauresque plus de sirop d'orgeat que de pastis. Jean-Baptiste l'embrasse, c'est son grand-oncle, celui qui lui a donné envie de tracer des chemins. Pierre m'accueille avec le même sourire attendri que ce matin, soulagé de constater que mon malaise est passé.

— Tu as avancé ? me demande-t-il.

— Bof, j'ai l'impression de n'avoir rien fait d'autre durant toutes ces années que préparer ma sculpture à l'hivernage.

— As-tu réussi à donner des coups ? Tu étais si faible au réveil.

— J'ai réussi, mais chaque fois, le choc m'a ramenée au rivage. Ce portrait n'est pas une eau morte. Alors que nous, bientôt…

— Qu'est-ce que tu racontes, il n'est pas prévu que je monte en montagne les jours prochains !

— Peut-être, mais ton foie te tuera.

Jean-Baptiste se retient de rire, il croit assister à la dispute d'un vieux couple, entre cette femme qui a nourri ses dix ans et cet ancien jeune homme qui était pire que l'idiot du village. Il intervient :

— Vous m'avez toujours appris que les œuvres de fin de vie étaient les plus belles, comme celles d'avant l'internement.

— Pas les plus belles, les plus libres, lui dis-je.

— Alors ton sanglier en bronze n'était pas l'œuvre d'une mourante ou d'une folle, dit François en relevant son nez de son verre. Parce que j'ai toujours pensé qu'il ressemblait à une merde de taureau du Niolo, et rien de plus terrestre et trivial que ça. Quand je pense que Mika t'a payée pour le réaliser ! Au moins, pour ton portrait, personne ne te donne d'argent.

Jean-Baptiste tape sur l'épaule de son grand-oncle pour le faire taire.

— C'est de la magagne ou quoi ? Ce rocher est une merveille, il a les yeux qui vivent en mer.

— Tu ne sais pas ce que tu dis, réplique François. Depuis tout petit tu t'es accroché à cette pierre comme un con de coquillage, comme une vulve spongieuse qui réclame du granit à sucer.

— Grand-tonton, ton discours est pire qu'un mauvais regard. Si j'avais un flingue, je te tuerais sur-le-champ.

Pierre entend faire régner l'ordre dans son établissement, il déplie le *Corse-Matin* du jour.

— Vous avez vu, Toussaint a descendu un type à Porto-Polo, parce qu'il avait regardé sa petite-cousine.

— Ne dis pas de mal de Toussaint, c'est un honnête homme, fait François. Au bar, il paie toujours sa tournée.

— C'est à ça qu'on reconnaît l'honorabilité ? Et toi, tu la paies ta tournée ? demande Jean-Baptiste en riant. Parce que je me boirais bien une petite vodka-pomme !

François fait signe à Pierre de nous servir, Jean-Baptiste et moi. Je me retrouve avec un verre d'eau-de-vie que j'avale à petites lampées, comme la vieille aux lèvres molles que je suis devenue. Plusieurs heures plus tard, Jean-Baptiste s'est endormi la tête sur mes genoux. Courbée sur lui en plus de ma bosse, je lui chante encore *Opium* : « Le bonheur n'existe pas sur terre… »

## * 7 *

Au réveil, je me sens drôle. Autrement que la veille. Ma mémoire est là, c'est le reste qui a fui. Une onde légère est passée comme sur l'herbe des Pozzi, emportant mon envie de finir ma sculpture. Peut-être est-ce un passage à vide ou alors une gueule de bois. Sur la table du salon, Pierre m'a laissé un mot : « N'oublie pas, tu dois récupérer les pièces de la laverie, celles aussi du refuge. » En plus du bar, nous avons racheté la laverie automatique de Porticcio, elle est très fréquentée en plein été, avec tous les touristes qui campent et qui reviennent du GR 20. J'ignore si cette activité permet à Pierre de blanchir de l'argent et si nous appartenons à la mafia. Quand je me tiens à Capo di Muro à observer les flots, à guetter les voiles, j'ai quelque chose de la femme du contrebandier, du dernier bandit de la chanson. En versant dans l'illégalité, en bravant les représentants du pouvoir, je me rapproche de la fronde et bientôt du caillou dedans, projeté au plus loin dans la mer. Sinon, je me le passe au cou et je saute à l'eau. En vieillissant, mon genre humain préféré est sûrement devenu le truand, reléguant le travailleur à la seconde place, et pour dissimuler la droitisation de ma pensée, je relève l'impôt révolutionnaire corse.

Je vais jusqu'à ma bibliothèque et grimpe sur un escabeau. La tête renversée pour regarder vers le haut, mon occiput se cogne à ma bosse. Si tout cela pouvait finir par se joindre et se fondre. Je me demande si l'arthrite est pour bientôt. À quatre-vingts ans, je ne comprends pas pourquoi je n'en souffre toujours pas. Mes muscles se crispent quand je tire le livre sur Jean-Baptiste Carpeaux, il est lourd comme mon marteau de sculpteur. La poussière et les champignons ont mangé la couverture, mais à l'intérieur, les photos n'ont pas jauni. C'est *Ugolin et ses fils* que je veux étudier, une sculpture qui est un genre d'étoile du Nord qui m'aidera à retrouver mon chemin et guidera mon geste. Il est trop tard pour dire : « Je raccroche, je laisse tomber mon ciseau. » La mission que je me suis assignée, celle d'un désœuvrement par les travaux forcés et le cassage de pierres, m'engage. La réalisation de Carpeaux est puissante, Ugolin semble vouloir manger ses mains avant de dévorer ses enfants. Quand j'ai hérité des manuels de Monsieur Bernard, je les ai appris par cœur. Ensuite, je n'ai jamais cessé de les citer, une sorte de ligne de conduite, pour tenter de retrouver un langage commun. Pas si libre que ça finalement, asservie à un dogme, du comment se servir d'un grain d'orge, déballant ma science et le nom des artistes comme le singe savant cherche à grappiller ce un pour cent de séquence ADN qui le différencie de l'Homme, cette part du cosmos qui le rendra aussi triste que les yeux d'un orang-outan, ce qu'il est en somme. Je repose le livre, je me laisse une matinée de répit pour réfléchir à mon absence de talent. Ce que j'ai fait de mieux jusqu'à présent, c'est cette bouse en bronze au milieu des pins, inspirée des vaches sauvages de la commune. Des pièces de monnaie m'attendent, à la laverie de Porticcio et dans les commerces qui jalonnent la route. Le refuge de Caldaniccia qui accueille les chiens et les chats de la région m'a confié des boîtes à placer aux caisses des magasins de la départementale 55. Les clients y glissent des pièces jaunes qui serviront à assurer l'entretien des bêtes. À soixante-dix ans, Pierre m'a inscrite comme bénévole au refuge, pour que je promène les chiens. Il pense que c'est ce qu'il y a de mieux à faire pour une petite vieille qui aime bien marcher. J'agis comme le sac à foutre qu'il a rêvé que je sois, je balade des animaux en laisse et leur lance parfois la balle, le genre d'occupation que les gens qui vivent ont. Je prends ma voiture, l'électrique de Monsieur Colombani que j'ai récupérée à son décès, pas parce que je bois trop, mais parce que je tremble de maigreur et que je n'ai plus de réflexe. L'accident sera moins grave si je conduis à vingt-cinq à l'heure.

Le Marin est mort noyé dans son champ, au milieu des barques qu'il avait retapées pendant des années sans jamais les remettre à l'eau. L'hiver avait été froid, la mer et les montagnes s'étaient recouvertes d'une brume blanche et bleue. Quand le redoux est arrivé, les ruisseaux ont grossi, le Prunelli et la Gravona sont sortis de leur lit, la Méditerranée a fait des vagues. Le mobil-home de Monsieur Colombani était posé sur une étendue herbeuse qu'une plage de gros sable et un torrent à sec encadraient. Des vaches et des chevaux paissaient au milieu des coques d'embarcations qui embaumaient la résine et la peinture fraîche. La mer est entrée dans le champ, tandis que la rivière se réveillait pour venir à sa rencontre. Le Marin ne savait pas nager, quelques bêtes sont mortes avec lui. Après son enterrement, j'ai appris qu'il n'avait jamais navigué. Il réparait des bateaux parce qu'il aimait travailler la fibre de verre et que l'odeur des enduits ranimait ses sens. S'il avait été capitaine un jour, c'était seulement d'une jonque chinoise dans le port de Saigon et parce qu'il avait fumé de l'opium.

À la supérette d'Acqua Doria, la jeune caissière m'accueille avec le sourire. Elle secoue la boîte du refuge :

— Vous venez pour vos petits chiens ? Comme j'étais en manque de monnaie, j'ai remplacé les pièces par des billets. Cette fois, j'ai réussi à vous récolter quinze euros.

— Oh, mais c'est beaucoup, ça va nous permettre d'acheter de la nourriture pour nos gentils pensionnaires.

Elle me tend les billets et sort de derrière sa caisse pour me raccompagner jusqu'à ma voiture en me tenant le bras. Sur la route de la Castagna, je me gare à la sortie d'un virage. Devant moi, la mer ressemble à un désert. Ma bosse tressaute dans mon dos, les sanglots se coincent dans ma gorge : je suis une vieille dame qui relève des pièces jaunes pour des chiens et des chats abandonnés ou maltraités. La naufragée que j'avais choisi d'être devait être emportée vers le large, pas rejetée sur la berge.

# * 8 *

Je me suis fait violence, j'ai séché mes larmes et repris forme humaine. Un effort immense pour une dame de mon âge. Si proche de la mort qu'il devrait m'être permis de ne plus tricher, de me consacrer entièrement à ce qui me reste à accomplir, de me laisser dévorer par ma sculpture. J'ai remonté toute la route, récupéré toutes les pièces. Elles sont dans des sacs en plastique posés sur le siège passager. Pour le refuge, il y a aussi les billets donnés par la jeune caissière d'Acqua Doria. Les deux dernières semaines ont été riches pour la laverie, les machines ont dégueulé leurs espèces. Je regarde cet argent bien acquis ou peut-être mal, si Pierre se sert de notre activité pour en cacher une autre illégale, et je me dis que je ne l'emmènerai pas au cimetière familial caché dans le maquis, là où les vers ne me mangeront pas, mais les cochons, à coup sûr. Le caveau gris et noir tourne le dos à la mer et c'est bien dommage, j'aurais voulu une vue pour toujours. Arrivée à Caldaniccia, je prends les pièces de la laverie qui font près de mille euros, je ne peux pas continuer à transporter cette monnaie, je ne suis pas convoyeur de fonds, je suis à l'orée de disparaître, parce que la vie n'est plus habitable. Je tends les sacs au responsable du refuge. Il me lance un regard inquiet, il doit s'imaginer que je rackette mes voisins qui sont du continent et ne viennent que pour les vacances. Je ne m'attarde pas, je cours, de mes jambes de vieillarde qui ne me répondent plus et semblent aller à rebours. Assister à cette débâcle, moi faisant un don à des chiens galeux, comme s'il y avait erreur sur la personne, merci bien. La vieillesse est d'une connerie sidérale. Tout ça, c'est à cause de la chaleur. La dernière semaine de juillet est toujours caniculaire. Alors, je suffoque, les tempes me serrent et je donne des ronds pour nourrir des clébards. Un comportement très humain d'une connerie plus sidérale encore que celle de la vieillesse. Ou alors, il s'agit d'un acte civique par lequel je participe à l'intérêt collectif, voire universel, et je suis demeurée une sculptrice républicaine convaincue, ce qui serait presque aussi dégoûtant qu'une droitisation de ma pensée. Il est très tard, dans le sens où je suis très vieille, et je crois que je déraille. Sur le retour, je m'arrête à la pharmacie d'Isullela. Le pharmacien vient me chercher jusqu'à ma voiture, cela fait des années qu'il m'approvisionne en huile essentielle d'immortelle. Je sais bien que ça ne marche pas, que je vais claquer bientôt. Mais il n'en démord pas :

— Vous avez encore perdu dix ans ! Seule votre bosse trahit vos années de vie.

Je lui souris, de mes dents que je ne lave pas à l'hélichryse et qui pourtant ont encore leurs racines. Il s'imagine que ça me fait plaisir de paraître dix ans de moins. Comme je ne les ai pas, ces dix ans de moins, ça ne me fait ni chaud ni froid. Si je lui souris, c'est par ironie du sort.

— Ce n'est pas parce que vous ne faites pas votre âge qu'il faut prendre des risques. Je pense que vous devriez arrêter de conduire.

— C'est une voiture électrique, elle est sans danger, et ma bosse a fait son trou dans le dossier. Et puis, il faut bien mourir d'une façon ou d'une autre.

— Si vous le dites. J'ai un nouveau sérum d'immortelle que mon producteur de Serra di Ferro m'a livré, vous en voulez ?

— Non, aujourd'hui, je suis venue vous prendre de l'argile verte.

Il a l'air interdit. L'argile délabre. Je sais ce que je fais, je sais surtout ce qu'il me reste à faire : retourner fissa à mon portrait. Au moment de payer, je m'aperçois que je n'ai plus d'argent.

— J'ai tout donné aux chiens !

— Ce n'est pas grave, vous paierez plus tard. Vous êtes sûre que vous voulez reprendre le volant ?

Je comprends qu'il se préoccupe de ma santé mentale, donner des pièces à des chiens, ça n'a pas de sens, et je ricane comme la vieille folle qu'il a envie de secourir. Avant de repartir, je me traîne jusqu'au magasin de presse qui est à côté. Je demande à la patronne si je peux prendre le *Corse-Matin* sans payer. Elle aussi a de la compassion pour la sénilité. Je déplie le journal, je veux savoir qui est mort et comment : Jean-Noël Bastelica a été foudroyé par l'unique éclair d'un orage sec sur les hauteurs de Bavella. Comme les hommes, les éléments jouent le jeu de la fraternité. À Acqua Doria, je fais un crochet par le bar. Pierre et sa panse d'alcoolique sont derrière le comptoir. Des touristes veulent savoir où trouver des figues.

— Partout, mais en septembre et en octobre, leur répond Pierre.

— Merci, Xavier.

— Je ne suis pas Xavier, Xavier est décédé en 1989.

— Oh…

Les *pinzuti* quittent le bar sur la pointe de leurs chaussures de randonnée, de peur de réveiller le mort. Je mets le *Corse-Matin* sous le nez de Pierre :

— Jean-Noël Bastelica s'est fait avoir par un orage de montagne.
— Tu vas aller à l'enterrement ?
— Non, c'est ton tour. La dernière fois, pendant que tu étais à la belote avec François et Doumé, j'ai assuré la veillée du vieux Santoni chez Pichetti.
— Bon, d'accord. Tu as relevé les compteurs de la laverie ?
— Oui, j'ai tout donné aux chiens.
— Qu'est-ce que tu racontes ?
— J'ai fait un don au refuge.

Pierre rit et je vois qu'à la place de ses dents du fond, il y a des trous. Un vide à donner le vertige.

— Ta bosse te monte au cerveau ou bien ? me dit-il en me prenant la main et en la portant à ses lèvres de buveur de mauresque, couleur aubergine.

Je repense à la bouche du client du Saint-Jean. Elle me plaisait. Pas pareille que celle d'un buveur de pastis. Le single malt la faisait triste, mais pas abîmée. Le soir où il a bu deux verres de Glenmorangie chez moi, nous avons fait l'amour. Déjà ivre de tout ce qu'il avait avalé dans la journée, c'était comme s'il couchait avec quelqu'un qu'il n'aimait pas. Tandis que moi, moite d'amour fou, je m'accrochais à lui en rêvant. J'ai fini par gémir seule parce qu'il s'était endormi, lourd et chaud contre ma poitrine. Ses cheveux blonds sous mes doigts et ses ronflements de bête morte formaient le port que j'avais aperçu, par jour clair, de l'autre côté de la mer. Une heure plus tard, il s'est réveillé et m'a dit : « Le Saint-Jean a dû rouvrir ses portes, je vais y prendre un dernier verre. » Au fond, peut-être que je suis venue en Corse pour oublier qu'il m'a laissée toute nue dans le noir.

— Qu'est-ce que tu vas faire maintenant ? me demande Pierre.

— À ton avis ?

— Travailler à ta sculpture.

C'est ça, travailler à ma sculpture, cette vorace. Je rentre à la maison et me dirige vers la salle de bains avec mon paquet d'argile verte qui ressemble à un paquet de farine. Je la mélange à de l'eau et me l'étale sur le visage. En quelques secondes, la pâte me contracte les traits. Tout ressort, les pommettes et les creux. Puis la sécheresse fait craqueler la terre, mon portrait se lézarde, il est séculaire. Je retiens ma respiration. Dans la glace, mon œuvre est accomplie. Avec mes cheveux longs et blancs, on dirait la *Clotho* de Camille Claudel. Voilà que je me remets à citer le travail des sculpteurs, comme si je ne pouvais pas parler seule. Mais je ne peux pas parler seule, je suis une statue. Des fourmis dans les bras et des étoiles dans les yeux me signalent que c'en est trop. J'ouvre la bouche pour reprendre mon souffle, déchirant mon masque mortuaire. Les murs du couloir me soutiennent jusqu'à ma chambre. Allongée dans mon lit, ma bosse bien à sa place, à l'endroit où le matelas a pris sa forme, je regarde la photo de Monsieur Bernard.

— Je suis d'accord avec vous, trop facile. Je ne m'en tirerai pas comme ça.

* 9 *

Après la sieste, j'ai écrit un mot pour Pierre que j'ai laissé sur la porte. Mon écriture est fragile, en raison de ma main qui tremble et de ma bosse qui ne laisse plus aucune souplesse à mon bras, elle le tétanise. J'ai inscrit : « Je suis à Capo di Muro et j'y reste la nuit, tant pis si je suis vieille, ou même si je suis vieille. À toi de choisir ce qui convient le mieux aux circonstances. » Mince, quel sacré sac à foutre je fais. J'espère que Pierre n'a pas trop souffert en ma compagnie. Au moins, il n'aura pas vieilli seul. C'est surtout ça qui effraie les humains, aussi puissamment que de ne pas mourir de leur bonne mort. Sur le sentier du cap, je me dis qu'après ma disparition, je hanterai les lieux. Les gens du coin diront qu'ils ont croisé mon fantôme dans le maquis. Il ne pourra pas en être autrement. Mon acharnement à devenir une caillasse inerte a détrôné les messages coincés dans les interstices de la chapelle de la Madonuccia. Même les sangliers se souviendront de moi et viendront marquer leur territoire en se frottant à mon portrait. Quelle autre trace pourrais-je laisser dans un monde qui refuse d'être remarquable, dont les mécanismes tournent à vide, parce que l'humanité a franchement paressé durant ces deux derniers millénaires ? Je vois bien qu'ici, même les nuits bleues ne sont plus si fréquentes. Comme le dit la chanson, le dernier bandit a été le dernier des derniers. Après lui, plus personne ne s'est présenté pour honorer les anciens Corses, qui comme les anciens non-Corses étaient très certainement un genre de grands singes. Sur le site préhistorique de Filitosa, la guide montre aux visiteurs des fossiles d'un écureuil géant. Mais ça ne signifie pas qu'il est l'ancêtre des insulaires. À Filitosa, il y a surtout des mégalithes anthropomorphes qui datent de l'âge de bronze. Quelqu'un a eu l'idée avant Monsieur Bernard et moi. J'entends la débroussailleuse de Jean-Baptiste, parce que quand ce n'est pas sa tronçonneuse, c'est sa débroussailleuse. En me voyant approcher, il laisse échapper son outil de surprise :

— Mais qu'est-ce qui vous est arrivé ? Vous êtes vieille !
— Bien sûr que je suis vieille.
— Votre visage, je veux dire. Il est tout craquelé. Et quelle mine vous avez, vous êtes toute verte.

Je porte la main à ma joue. Vieillesse insupportable et débile, j'ai oublié de me débarbouiller. Ma figure est pire que le désert des Agriates, qui n'est même pas un désert.

— Ce n'est rien, c'est de l'argile. Je voulais savoir à quoi pouvait ressembler mon portrait si j'avais le talent et la force.
— Mais ce n'est pas vous !
— Comment ça, ce n'est pas moi ? Bien sûr que c'est moi, sous un masque si fin qu'il ne dénature rien.
— C'est vous sous une couche de poussière et je n'aime pas ça !

Il retire son tee-shirt et verse le contenu d'une bouteille d'eau dessus. Le tissu humidifié, il me le passe sur le visage avec force. Je sens l'argile couler dans ma bouche et dans mon cou. Mes cheveux aussi rendent de la gadoue. J'ai l'impression d'être une serpillière défraîchie, la même que Monsieur Bernard baladait partout avec lui, puant la charogne des mers. Les bras bronzés de Jean-Baptiste me font mal d'être si vigoureux.

— C'est encore plus terrible, dit-il en regardant ma figure qui pleure des larmes grises. Pourquoi faites-vous ça ? Pourquoi vieillissez-vous ? Et pourquoi mourrez-vous juste après ?

— Que veux-tu que je te dise ? Le couvercle se referme, je n'y peux rien.

— Votre bosse n'entrera jamais dans aucun cercueil !

— Le tombeau de famille de Pierre est plus grand que notre maison. Arrêtons cette conversation, elle est inutile. Accompagne-moi plutôt jusqu'à la chapelle pour récupérer ma boîte à outils.

— Je ne peux pas, j'ai rendez-vous sur la plage de Cala d'Orzu.

— Avec qui ?

— Une Ajaccienne.

— De ton âge ?

— Un peu plus jeune.

— C'est bien, c'est très bien...

— Non, je ne supporte pas son accent.

— C'est le même que le tien, *scemu* !

— Justement, ça veut dire que je ne quitterai jamais l'île, que je n'irai jamais voir ni derrière la montagne ni derrière la mer.

— C'est ici que c'est beau, pourquoi veux-tu partir ?

— Pour changer les choses, pour autre chose.

— Je connais bien cette expression. Quand on en revient, on finit toujours par récolter des pièces de monnaie pour un refuge de chiens abandonnés. Va à ton rendez-vous, laisse-moi seule, la fille sûrement t'attend déjà.

— Ne nous trompons pas, ce n'est pas moi qui vous abandonne, c'est vous qui allez bientôt me laisser comme une merde devant mes verres de vodka-pomme.

Il remet son tee-shirt plein d'eau et d'argile. Enveloppé dans le drapé mouillé, son torse est sculptural, pareil à celui des divinités grecques que je lui montrais dans les livres d'histoire de l'art quand il était enfant. Sa débroussailleuse sur l'épaule, il part à la rencontre de son Ajaccienne :

*Réveille-toi ville sacrée, entends l'orgueil et ton amour, la sainte famille est rentrée, les exilés sont de retour, les exilés sont de retour, oh, les voici, victoire ! victoire ! Qu'il soit fêté dans sa maison, l'enfant prodigue de la gloire, Napoléon, Napoléon, l'enfant prodigue de la gloire, Napoléon, Napoléon, plus tard après les pyramides, dans nos murs il revint encore, avec les mameluks, les guides, Lannes, Murat, l'état-major, Lannes, Murat, l'état-major, lui portait la capote grise, le sabre turc, le chapeau long, avec cette seule devise, Napoléon, Napoléon, avec cette seule devise, Napoléon, Napoléon…*

Jean-Baptiste chantera *L'Ajaccienne* quand il en sera à son troisième verre de vodka-pomme.

Cinq heures me sont nécessaires pour rejoindre la pointe de la Madone. Je m'arrête toutes les vingt minutes, histoire d'arriver en vie. Quand je parviens à la chapelle, la nuit est déjà tombée, elle est encore plus chaude que le jour. Je n'aurai pas la force de porter la boîte à outils jusqu'à ma statue. Un par un, je prends les instruments et les monte au dernier rocher qui surplombe la mer. Le sémaphore est éteint. Seules les étoiles et la lune m'éclairent. Rien ne bouge en dehors d'elles. De ma vue qui décline, de mes yeux vitreux et embués, même la Grande Ourse et ses sept astres paraissent filer. Les cristaux de quartz brillent sous leurs feux, comme le plancton dans les vaguelettes de l'anse en contrebas. Sous cet éclairage flottant, la bosse qui s'est formée au sommet de ma sculpture semble avoir été faite sur le modèle de celle que j'ai dans le dos. Serais-je finalement parvenue à quelque chose, à convoquer les trombes d'eau, de pluie et de mer, pour éroder mon corps et la pierre ? Je donne mon premier coup de marteau depuis hier. Des éclats s'arrachent à la roche et jaillissent en gerbe dans les airs.

## * 10 *

Je pars à la renverse et roule sur ma bosse, comme une tortue d'A Cupulatta retournée. Les paillettes phosphorescentes de granit qui se mêlent aux étoiles tombent sur moi. Je me sens un amas planétaire en mouvement, je fais de la bascule sur ma malformation et vais bientôt influer sur la marée. Quand toutes les particules de quartz ont enfin répondu à l'appel de la gravité, je tente de me redresser. Je suis percluse de courbatures, j'ai bandé tout ce qui me restait de muscle, ma peau sur mes os, pour ne pas me blesser. Du coup, j'ai mal partout. À quatre pattes, je m'approche de ma sculpture. Avec l'énergie de la dernière volonté, je prends appui contre la roche et me lève sur mes deux jambes. Si le mouvement a été aussi difficile à exécuter pour le premier Homme que pour moi, je comprends que l'évolution se soit arrêtée au stade de la posture debout. De quelle douleur naîtra l'humain qui marchera sur les mains ? Le coup de marteau que j'ai donné a ébranlé la structure tout entière. Une lézarde part de l'alvéole qui est au sommet, passe entre les trous qui forment les yeux, et finit à la base. Je devrais être accablée par cette condamnation finale de mon travail, puisque la fissure est irréparable, mais j'en suis en réalité très soulagée. C'est comme si la pierre, engourdie pendant quarante ans, me faisait enfin savoir que mon acharnement visait à ce dénouement : l'usure. Je passe un doigt dans la blessure, c'est une gorge profonde où la nuit s'engouffre. Un sifflement en sort, le cri d'un oiseau de mer. Je devine le courant d'air et comprends que la roche a été rongée de l'intérieur. Est-ce mon désir de l'humaniser qui a causé cet ulcère ? Non, ce serait me donner trop d'importance. Le récif a été battu en brèche par la mer et la pluie. Au fil des années, elles se sont infiltrées par le trou sur le dessus et ont désagrégé la concrétion millénaire. J'ai besoin d'écarter la faille pour savoir comment est la grotte derrière, abrite-t-elle un art pariétal ? La lune jette un rayon sur ma chasse. Je la glisse dans la fente et me saisis de mon marteau. Mes coups brusques font trembler la pierre, ils se répercutent jusque dans ses entrailles. L'écho leur donne le son net d'une détonation. Le dernier des bandits, c'est bien moi. La sculpture émet un cri rauque, elle se déchire en deux. Une moitié tombe dans un bruit de tonnerre, laissant échapper une eau gluante qui coule sur mes pieds, cette mer intérieure qui a sapé ses fondements. Une mer fermée qui n'était pas morte, elle bouillonne de larves, d'anémones et de crevettes qui se débattent à l'air libre. Mon portrait de granit avait donc un organisme et je ne m'en doutais pas. Je regarde la partie effondrée qui a emporté l'un des yeux que Monsieur Bernard avait mis tant de soin à réaliser. L'œil n'a plus rien de perçant, il me regarde avec résignation. Par je ne sais quel prodige, une anémone verte se traîne jusqu'à lui et s'enracine dans son orbite, lui donnant une nuance d'étang sous la pluie, la couleur exacte de mon iris. Est-ce le signe magique de la fin de mon temps ? L'anémone déploie ses tentacules, mon portrait n'est pas seulement cassé, il est atteint de filariose. La sénilité et la fatigue me jouent des tours. Je me penche dans l'antre révélé, ses parois dégoulinent, quelques coquillages sont en bouquet, le tout sent la mer et le pourrissement des créatures marines. Le creux est large, je m'y coule. Enrochée, ce n'est pas le terme. C'est pourtant ce que je suis, enrochée.

## * 11 *

Recroquevillée dans ma caverne, j'attends l'événement qui m'en fera sortir. Au clair de lune, j'examine ceux qui comme moi l'habitent, la vase visqueuse et tendre, les puces de mer qui me piquent les jambes. Quand le soleil se lèvera, tout ça séchera et mourra, ce n'était pas fait pour être délivré, c'était le poumon de la pierre et je l'ai crevé. Ma montre m'extrait finalement de ma gangue. Elle phosphore, comme tout ce qui est autour de moi phosphore, et m'indique qu'il est trois heures du matin. La marche sera moins pénible maintenant qu'en plein soleil. En deux heures et demie, je pense pouvoir rejoindre ma voiture et alors, j'irai à la Castagna acheter du poisson frais aux pêcheurs. Cela fera plaisir à Pierre, parce que je ne peux pas le laisser seul si vite, je ne peux pas mourir sans lui avoir fait à manger. Avant de quitter le rocher en ruine, je m'approche de l'œil à l'anémone. Le polype n'a pas résisté. Par mimétisme avec son support, il a durci. Le présage est facile à lire, je ne vais pas tarder à m'éteindre, mon œil aussi va se fermer. Le chemin retour ne me pose aucune difficulté particulière, j'en connais chaque racine et la lune est encore grosse. Bien sûr, ma bosse me tire, tout comme ma peau, en raison des restes d'argile qui ont dégoutté et de ce qui était gluant de sel dans la grotte et qui s'est accroché à moi. Arrivée à ma voiture, je me regarde dans le rétroviseur. Mon visage est défait, comme si un rocher lui était passé dessus, et je ris, de mes dents qui n'ont pas vieilli, si blanches qu'on dirait que ce sont elles qui sont tarées.

L'aube est calme. Sur la route, je ne croise que des camions de livraison d'eau de Saint-Georges qui descendent de Cauro. Je me gare en bas de la tour de la Castagna et emprunte un sentier qui donne l'impression de pénétrer dans une propriété privée. Il mène à une crique qui fait office de mouillage. Des baraquements de pêcheurs ont été installés sur la plage, amoncellements de bois flotté et de filets. Ouverts à tous les vents, on y distingue des vaisseliers aux assiettes colorées, des poupées démembrées pendues par la tête, des rames et des palmes. Je m'approche d'un homme d'âge mûr penché sur sa barque, il trie les poissons. C'est auprès de lui que je vais toujours.

— Bonjour, qu'avez-vous à me proposer ce matin ?

Il sort le nez de sa glacière et me regarde d'un drôle d'air.

— Vous êtes réveillée tôt aujourd'hui, me dit-il.

Il lève sa main et retire quelque chose de mes cheveux emmêlés, une crevette.

— Votre crâne est un vrai filet de pêcheur.

Je n'ai qu'une pensée, pourvu que je ne sente pas le seau d'appâts. Il continue à fouiner dans le paquet d'algues que j'ai sur la tête.

— Encore une crevette, une puce de mer, un œil de Sainte-Lucie…

— Un œil de Sainte-Lucie ? Faites voir !

Il me tend le fruit de mer. Je n'en ai jamais vu d'aussi beau ni d'aussi gros, et c'est dans mes cheveux qu'il est venu se nicher. L'œil de Sainte-Lucie est l'opercule du coquillage appelé astrée rugueuse. Sur l'île, il s'agit d'un porte-bonheur. Et je me demande si sa présence sur mon crâne annule le présage que j'ai lu dans l'anémone desséchée.

— Voulez-vous vous passer sous l'eau ? me propose le pêcheur en me montrant un bidon dans le fond de sa barque.
— Non, merci, ça ira bien. Je veux simplement du poisson.

Sa pêche du matin est belle. Il y a des dentis, des daurades et même un barracuda.

— Je vous prends le gros denti, là.

Il m'enroule le poisson dans une poche plastique et me le tend. Je m'aperçois trop tard que je n'ai toujours pas d'argent sur moi.

— Ce n'est pas grave, me dit-il, vous me paierez la prochaine fois.
— Sinon, je peux vous donner l'œil de Sainte-Lucie.

Il se marre et accepte le marché. C'est un peu grossier de ma part, des yeux de Sainte-Lucie, il en a déjà plein sa baraque, dans un bocal placé à côté de la poupée démembrée. Je lui serre la main, je suis à peu près sûre de ne jamais le revoir et il est le seul homme qui m'aura épouillée.

Tandis que je remonte vers Acqua Doria, le facteur me dépasse en klaxonnant, c'est tellement facile de doubler une voiture électrique. Il me fait signe de m'arrêter et s'arrête aussi. De l'arrière de sa fourgonnette, il sort un colis.

— J'allais justement chez vous pour vous remettre ce paquet, me dit-il. Ça vient de Paris.

Je le remercie et il repart pour sa tournée. Mes doigts tremblent, mon cœur bat fort. J'ai lu le cachet, le colis a été posté rue des Abbesses. La boîte ouverte sur mes genoux, je dégage le papier de soie roulé en boule, je sais ce que je vais trouver. La bouteille de Glenmorangie est au fond. Elle a traversé les années et les kilomètres, mais elle est vide. Une lettre l'accompagne, elle est de la fille de mon ancien patron :

*Le Saint-Jean va fermer ses portes, les murs ont été rachetés par un promoteur immobilier qui a déjà transformé tout le quartier, le Sancerre a même capitulé avant nous. Je sais que cette bouteille est un peu la vôtre. Mon père a toujours refusé de la jeter aux ordures en raison de l'histoire qui lui est attachée. Un jour, vous l'aviez empruntée au bar, puis rapportée quelques mois plus tard. L'équivalent de deux verres semblait avoir été bu. Un an après votre départ pour la Corse, un habitué qui n'avait plus remis les pieds au Saint-Jean depuis longtemps a fait sa réapparition. Il a demandé à vous voir. Quand mon père lui a appris que vous étiez partie, il s'est installé à la table qui était la sienne et a dit : « Je vais l'attendre là. » Avant de venir nous voir, il était passé par votre immeuble et avait trouvé votre concierge en train d'arroser le jardin sous la pluie. Il savait déjà que vous n'étiez plus sur le continent. Devant sa peine, mon père lui a proposé de lui servir un verre de la bouteille de Glenmorangie dans laquelle il avait déjà bu. Il a répondu : « J'en ai fini avec l'alcool. » À partir de ce jour, il est venu chaque semaine. En vous attendant, il commandait une grenadine à l'eau. Quand mon père est mort, j'ai pris la relève. Je tenais à le servir moi-même, je le trouvais beau avec ses cheveux blonds et ses yeux bleus. Un soir, je lui ai demandé pourquoi il n'allait pas vous chercher en Corse, ce n'était pas si compliqué de trouver votre adresse. Il m'a dit : « Non, je préfère l'attendre ici, c'est mieux. » Il y a deux mois, il se tenait encore devant moi, ses yeux étaient les mêmes, seuls ses cheveux avaient blanchi. Vous l'auriez trouvé beau encore, parce qu'il vous attendait toujours. Quand je lui ai appris notre fermeture prochaine, je l'ai vu réprimer un frisson. Il m'a regardée d'un air si pénétré que j'ai eu peur. Je savais ce que j'avais à faire, je suis allée chercher le Glenmorangie et je l'ai posé sur sa table. Vers deux heures du matin, il a quitté le bar. J'ai récupéré la bouteille, elle était vide. Il est mort chez lui, dans son sommeil, d'un œdème pulmonaire.*

J'ai encore des crevettes dans les cheveux, je veux croire que c'est ça qui m'ennuie.

## * 12 *

Je suis dans la cuisine. Pierre dort encore. Je me concentre sur l'écaillage du gros denti, mes bras et mes jambes se raidissent, d'épuisement et de fin de vie. Les vieilles dames ne pleurent pas, elles ne cherchent pas à revivre leur jeunesse, s'abstiennent même de s'en souvenir. Cette nuit, je me suis enrochée, j'ai fait l'expérience de la minéralité. Arrivée au but, à quoi rimerait de verser des larmes ? Tout est à sa place, les morts sont morts et je ne sais pas les faire parler.

J'ai ramassé du fenouil sauvage sur la route, je ferai cuire le poisson avec. La bouteille de Glenmorangie est posée sur la table devant moi, elle brille sous le soleil qui passe par la fenêtre. Sans alcool dedans, elle ne sert à rien. Reste-t-il au goulot un peu de la salive de l'homme que j'ai aimé ? J'y pose mes lèvres. Un résidu de single malt brûle mes gerçures. Je balance la bouteille à la poubelle, au milieu des viscères du denti. Le sac dégage une telle odeur de marée que c'est comme si je la jetais à la mer. Dans la lettre, la fille de mon ancien patron m'écrit qu'il est resté beau jusqu'à la fin. Rien d'autre n'a d'importance.

— Qu'est-ce que tu fais ?

Pierre est debout dans l'encadrement de la porte, en chemise denim et caleçon. Ses jambes sont maigres et variqueuses. Je me demande comment elles peuvent encore supporter son ventre de buveur de mauresque, de joueur de belote.

— Je viens d'évider un denti.
— À sept heures du matin ? Et c'est quoi cette boue sur ton visage ?
— Disons que mon portrait s'est laissé aller.
— Chérie, ne t'exprime pas comme un sac à foutre qui aurait de l'instruction, je ne comprends rien. Et toutes ces crevettes dans tes cheveux ?
— C'est le poisson.
— C'est le poisson qui t'a mis des crevettes dans les cheveux ?
— Je veux simplement dire que tout ça participe du même monde.
— Il faudrait peut-être que tu ailles consulter. Si tu veux mon avis, tu es bonne pour Castellucio.
— Pourquoi veux-tu que je finisse chez les fous, il n'y a qu'un *scemu di u paese* ici, et c'est toi.

Il s'approche en riant et m'embrasse de sa vieille bouche sur mes cheveux sales, là où les puces de mer sont encore accrochées.

— Je vais mettre le denti au frais, je le ferai cuire ce soir et te l'apporterai au bar, lui dis-je. Pour l'instant, je suis fatiguée, j'ai besoin de dormir.
— Je t'accompagne jusqu'à la chambre.

Il me prend par mon bras sec et me conduit à notre lit.

— Tu ne veux pas prendre une douche avant ? me demande-t-il.

— Non. Comme ça, c'est très bien. Puante et collante, je vais rêver du large.

— C'est ta sculpture qui t'a arrangée comme ça, pas vrai ?

— Pierre, je crois que je touche enfin au but.

— Oh…

Son regard d'alcoolique se voile. Il comprend que je vais bientôt lâcher prise. Je m'allonge sur le ventre. Il masse ma bosse et je m'endors. Quand je me réveille, il est déjà dix-huit heures. Mon sommeil a été profond et long comme la mort. Je n'ai pas rêvé du large, je n'ai rêvé de rien. Comme si j'avais coulé avec le bateau, la pression de l'eau en chape. Monsieur Bernard est toujours sur sa photo. Je lui apprends que la roche s'est coupée en deux et qu'elle avait un cœur, un crypto-océan. Sur le drap, les crevettes, les puces de mer et les morceaux d'algue se sont durcis, presque fossilisés. Je sens très mauvais, pire que l'odeur de la vieillesse : celle de la sacoche de mon ancien voisin, comme un cachalot échoué. Sous la douche, je fais du mieux que je peux pour me nettoyer. Grâce au siège pour handicapés, j'arrive à atteindre mes pieds. Ma toilette terminée, je m'occupe du denti. Je le fais mariner avec le fenouil sauvage et le passe au four. Pendant qu'il cuit, je feuillette le *Corse-Matin* que Pierre a laissé sur la terrasse : Nénette est morte à cause de la canicule. Elle est surtout morte parce qu'elle avait quatre-vingt-onze ans, chez elle, dans sa baraque en pierre d'Albitreccia. Elle a toujours refusé d'être transférée à la maison de retraite de Molini. Sa succession ne va pas être facile à régler, elle était propriétaire de plusieurs hectares en bord de mer. Les indivisaires s'entretueront et ça n'aura plus rien à voir avec la fraternité. La cuisson du denti terminée, je me rends au bar. Au comptoir, François en est déjà à son quatrième verre. Pierre n'en a bu que deux. Il faut qu'ils mangent sinon ils vont être saouls. Je déballe le poisson de son papier aluminium. La chair est tendre, le fenouil la pimente. François et Pierre l'arrosent de vin blanc de Patrimonio. Après le repas, c'est le temps des chansons :

*Piove nant' a vita L'onda sguassera U sangue a nutizia D'ellu un ci sera Piove n'anta u core L'onda infanghera Piente e rumore Ma chi si po fa ? Una manera di canta la storia Una manera di fa ch'ogni loca Per te companero S'innalzi una manu Di fraternita Piove n'anta vita L'onda benista Sumenta ardita Chi spunta dighja Una manera di canta la storia Una manera di fa ch'ogni loca Per te companero Sinalzi una manu Di fraternita.*

Je parle parfaitement le corse maintenant, je sais traduire ce que l'on chante :

*Il pleut sur la route, l'onde lavera le sang. On n'aura pas de ses nouvelles. Il pleut sur le cœur, l'onde étouffera bruits et pleurs. Mais que peut-on y faire ? Une manière de chanter l'histoire, une manière de faire qu'en chaque endroit, pour toi, compagnon, s'élève une main fraternelle. Il pleut sur la vie, l'onde est belle, semence hardie qui bourgeonne déjà. Une manière de chanter l'histoire, une manière de faire qu'en chaque endroit pour toi, compagnon, s'élève une main fraternelle.*

Soudain, François lève ses yeux malades vers la tête de sanglier fixée au mur. Il hurle qu'il la voit bouger. De sa chemise, il sort un pistolet et tire. La bête meurt pour la seconde fois, la paille que le taxidermiste a utilisée vole dans tout le bar. Des touristes égarés se planquent sous les tables.

— Oh, ce tonte qui bousille mon mur, crie Pierre qui tente de retirer l'arme des mains de son plus vieil ami.

Son chargeur vide, François nous regarde, hébété. Il est revenu de son délire.

— Ce sanglier, c'était un attrape-*pinzuti*, se justifie-t-il. Même pas aussi beau que celui que tu as fondu en bronze.

— Tu as toujours dit que mon sanglier en bronze ressemblait à une merde de taureau, lui fais-je.

— C'est vrai, mais pas pire que celle-là. Et puis tuer une bête déjà morte, ce n'est pas moins bien que tuer un frère.

Tout redevient calme dans le bar. Personne ne bouge pour réparer les dégâts. Nous sommes tous trop vieux et les touristes ont pris la fuite. Pierre reprend le refrain de la chanson :

*Una manera di canta la storia Una manera di fa ch'ogni loca Per te companero S' innalza una manu Di fraternita.*

Une manière de chanter l'histoire, une manière de faire qu'en chaque endroit pour toi, compagnon, s'élève une main fraternelle.

## * 13 *

Pierre se tourne et se retourne dans le lit. J'allume la lampe de chevet. Sa tête est rouge, comme toujours.

— Ce con a quand même fait un trou dans le mur ! grogne-t-il.

— C'est ça qui te travaille et t'empêche de dormir ? Un coup de plâtre et il n'y paraîtra plus rien. Je le ferai si tu veux.

— Tu le feras, mais tu as quatre-vingts ans, à quatre-vingts ans, on ne fait pas de maçonnerie !

— On cachera le trou, alors.

— Avec quoi ?

Je montre le portrait de Monsieur Bernard. Après tout, la photo est belle et on pourra toujours dire aux touristes qui le demandent qu'il s'agit de Xavier. Pierre se lève d'un bond. Son haleine est chargée, ses lèvres plus violettes que jamais.

— Avec la tête de Monsieur Bernardini, cette saleté de Sarde ! Hors de question !

Quand il a trop bu, l'idiot du village reprend le dessus. Son langage est grossier, aussi gros que son ventre.

— Pourquoi dis-tu « Monsieur Bernardini » ?

— Parce que c'est son nom.

— Et c'est moi qui dois aller à Castelluccio ? Mais tu es fin prêt pour l'asile !

Il s'assoit sur le bord du lit, il n'ose pas me regarder. Sa voix devient sourde.

— Sac à foutre, tu es une grande fille maintenant, je peux te dire la vérité.

Si proche de la mort, ai-je encore quelque chose à apprendre ? Peut-être n'est-ce pas assez de savoir que l'homme que j'ai aimé m'a attendue pendant quarante ans sans que je le rejoigne.

— Je n'ai jamais souhaité à personne de vieillir en paix, pourquoi le voudrais-je pour moi ? dis-je à Pierre pour l'encourager à me parler.

— Monsieur Bernard s'appelle en réalité Paul-Émile Bernardini. Il est d'ici, d'Acqua Doria. Il était ami avec mon grand-père. Toute sa famille était originaire de Sardaigne, ils ont quitté leur île pour fuir la pauvreté, ils ne sont pas devenus plus riches en Corse, alors Paul-Émile s'est fait bandit pour ne plus avoir à se nourrir de châtaignes, par nécessité donc.

Paul-Émile Bernardini, l'homme par qui tout a commencé. Pierre continue son histoire pour que je comprenne comment les choses se sont faites, comment je suis devenue une petite vieille dans le maquis.

— Paul-Émile s'est rapproché d'un homme plus jeune que lui, surnommé le Marin, Monsieur Colombani, qui s'était mis au trafic d'opium, il avait conservé des contacts à Saigon où il avait été militaire. Ensemble, ils ont pris le bateau pour Marseille et ont rejoint le clan des frères Guérini, Mémé et Antoine. Un jour, ils sont revenus au village, les poches pleines de billets de banque. Mon grand-père et celui de François ont demandé à faire partie de la bande, eux aussi voulaient porter des borsalinos et des costumes. Paul-Émile et le Marin les ont présentés aux Guérini. Pendant cinq ans, ils ont vécu à Marseille du trafic de drogue, jusqu'à ce que Monsieur Colombani décide de raccrocher, il s'était mis en tête de retaper des barques. Paul-Émile a tenté de l'en dissuader, c'était grâce à ses relations en Asie que les affaires tournaient si bien. Mais le Marin ne voulait plus rien entendre, il n'attendait qu'une seule chose, rentrer en Corse pour travailler la résine et la fibre de verre. Paul-Émile a convoqué mon grand-père et celui de François. Il leur a soumis l'idée de demander aux frères Guérini d'intimider Monsieur Colombani. Tous les deux s'y sont opposés, intimider le Marin, c'était lui mettre un flingue sur la tempe, or ils étaient du même village. Contre leur avis, Paul-Émile a alerté Mémé et Antoine et le Marin s'est retrouvé ligoté à une chaise. Il n'en est pas mort, les frères Guérini avaient de nouvelles sources d'approvisionnement en Amérique latine, ils voulaient simplement lui faire savoir qu'on ne quittait pas le clan comme ça et lui ont donné un coup de crosse sur le haut du crâne. Mon grand-père et celui de François l'ont détaché et l'ont ramené ici. Les frères Guérini ont rappelé à Paul-Émile qu'un Sarde n'était pas autorisé à balancer un Corse comme il l'avait fait, même si ce Corse agissait contre leur intérêt, c'était une question d'honneur. Ils lui ont conseillé de ne plus jamais remettre les pieds à Marseille et de se faire oublier, un contrat était mis sur sa tête.

Pierre n'a jamais tenu un discours aussi long. Il sue de partout, il a besoin d'un verre. Je le suis jusqu'à la cuisine, où il s'empare d'une bouteille de pastis qu'il boit au goulot.

— Tu me magagnes, lui dis-je en m'asseyant sur une chaise, tu as inventé toute cette histoire, Monsieur Bernard travaillait à l'Imprimerie nationale.

— C'est la planque qu'il s'était choisie. À sa retraite, il est revenu ici. Mon père et celui de François, puisque nos grands-pères étaient morts, lui ont fait comprendre qu'ils le préféraient en exil et que s'il avait l'intention de s'attarder dans la région, il paierait pour sa trahison.

— Quelle trahison, il n'avait trahi que Monsieur Colombani ?

— Il avait trahi un Corse et il était sarde. Il a demandé à mon père de quelle façon il paierait. Mon père, qui travaillait à la rénovation de la départementale 55 et trimait comme un dingue au niveau du pénitencier des hommes, lui a dit : « En cassant des cailloux. » Paul-Émile a accepté. Fier comme le bandit qu'il était, il a ajouté : « Je casserai des cailloux à la manière des plus grands sculpteurs. » Il s'est procuré des livres d'histoire de l'art et a commencé son œuvre, le Sarde dans toute sa splendeur.

— Et moi, qu'est-ce que je viens faire là-dedans ?

— Tu le sais bien, tu lui as servi de modèle. Ensuite, il a souhaité que tu finisses son travail. Il avait raté sa vie et pour sa rédemption, il voulait sauver quelqu'un de l'ennui, c'est tombé sur toi, sa jeune voisine.

— Je ne te crois pas. Pourquoi tu me racontes ça ?

— Pour me rendre intéressant, parce que tu ne m'as jamais trouvé intéressant. Je sens bien que tu es en train de partir et pour une fois, la dernière, je veux retenir ton attention.

Il repart vers la chambre, sa bouteille de pastis à la main, dans un silence de pierre.

— Pierre…

## * 14 *

Je me suis endormie la tête sur la table de la cuisine. Pierre a bu seul dans la chambre. Il est reparti pour le bar vers six heures. Je me sens fatiguée, bien plus que les autres matins. Aux gestes que je fais, je comprends que je prépare mon départ, le grand. Je retire chacun des livres d'histoire de l'art de ma bibliothèque et passe un coup de chiffon dessus. Un cormoran file dans le ciel, je le vois de la fenêtre. Il annonce le large, celui qui est très loin et définitif. Je n'ouvre aucun des manuels, je sais trop ce qu'ils contiennent: des pierres à visage humain qui résistent au temps et nous survivent, leçon bêtement apprise et répétée. Alors qu'une laverie automatique peut tout aussi bien durer éternellement, quelques points de rouille sur les machines et ses murs resteront encore debout longtemps après moi. Sur la pile de livres, je laisse un mot: « Pour Jean-Baptiste, tout ce papier fera un bon départ de feu le jour où tu auras décidé de brûler ton île. Mais tu ne brûleras pas ton île et tu aimeras ton Ajaccienne. » Je ne prends ni sac ni eau, je n'en aurai pas besoin là où je vais. Dans la chambre, je récupère mes tennis blanches de vieille dame achetées en pharmacie, celles qui font et refont le tour du cap sans caillou dedans, pas comme mes chaussures d'autrefois, quand j'étais plus jeune et habituée à me faire du mal. Sur ma table de chevet, le portrait de Monsieur Bernard a disparu. Pendant des années et parce qu'il m'aime, Pierre a dormi sous la photo de ce traître qui était sarde. Peut-être a-t-il réglé ses comptes en la balançant dans le maquis où sont déjà toutes les voitures déglinguées, celles à essence dont il a bien fallu se débarrasser puisque plus personne n'a son permis de conduire, puisque tout le monde est vieux ou alcoolique. Avant de me rendre à Capo di Muro, je fais un détour par le bar. Je reste sur le seuil, je ne veux pas me faire remarquer. Le portrait de Monsieur Bernard est accroché au mur. Pierre m'a écoutée, il a masqué les impacts de balle avec. J'entends un touriste lui demander :

— C'est le fameux Xavier, celui qui a donné son nom au bar ?

— Non, c'est Paul-Émile Bernardini, le dernier des bandits corses, sauf qu'il était sarde.

François qui est installé au comptoir hausse les épaules. Il se moque de Pierre parce que l'histoire qu'il raconte ne tient pas la route. Ou alors, il désapprouve son idée d'afficher le portrait de leur ennemi héréditaire. Pour moi, que mon voisin ait été un ancien voyou reconverti dans la sculpture par fierté mal placée ou qu'il ait été un retraité de l'Imprimerie nationale soucieux du sort de la jeune femme qui partageait le même palier que lui ne change rien à l'affaire, je serais venue en Corse quand même, j'aurais adoré cette île, j'aurais tenu un bar, relevé la monnaie d'une laverie automatique et filé des ronds à un refuge pour animaux, sans jamais savoir que rue des Abbesses, à Paris, Paul Overey m'attendait. Paul Overey, c'est le nom de cet homme qui était plongé dans son verre, ce rêveur d'« autre chose », mort asphyxié dans son sommeil. Si toute sa vie Pierre a dormi sous la photo de Monsieur Bernard, c'est parce que les cheveux blonds et les yeux bleus de mon voisin me rappelaient les siens.

Je me dégage du bar à reculons. Pierre est en train de raconter l'aventure de Paul-Émile Bernardini aux touristes avides de folklore et de vendetta. Vraie ou fausse, cette histoire l'anime et lui donne de l'assurance. Grâce à elle, il ne sera pas seul après mon départ, il aura un public fervent. François se retourne et m'aperçoit, il me fait un geste de la main. Il m'a tant de fois aidée à porter ma boîte à outils qu'il sait que mon travail tire à sa fin. Ses yeux malades sont plus brillants que d'ordinaire et il baisse la tête, navré. Je quitte Acqua Doria pour mon dernier rocher. Aujourd'hui, je marche vite, comme si j'étais redevenue jeune. En quatre heures seulement, j'atteins la pointe de la Madone. La roche fracturée laisse voir son monde englouti, tout ce qui l'habitait a séché. J'ai chaud, j'enlève mes vêtements. Ma peau est tannée et mes os sont remontés à la surface. Je me fonds dans la grotte plus nue que jamais. Ma bosse s'emboîte, à la place faite pour elle. Je suis saisie d'une douleur à la poitrine. C'est parce que j'ai marché trop vite. Pendant que tout en moi se contracte et devient dur, je regarde la mer et les voiliers qui naviguent à l'horizon. Au loin, j'entends la tronçonneuse de Jean-Baptiste. Il sera le premier à découvrir ma sculpture achevée. Tout est bien.

*(Les choses telles qu'elles sont)*

Jusqu'à la mort de mon voisin, Monsieur Bernardini, il y a cinq ans, je ne m'étais pas aperçue que ma vie était un no man's land et qu'elle le demeurerait encore longtemps. J'avais abandonné mon poste de professeur de français dans un collège de la grande banlieue, aux Noues dans le Val-d'Oise, sur la ligne D du RER. Les trajets me fatiguaient et le temps que j'y perdais n'était jamais rattrapé. De toute façon, je parlais trop bas pour pouvoir enseigner quoi que ce soit. À tenir une classe en haleine, mes cordes vocales s'abîmaient. D'une manière ou d'une autre, il fallait que je finisse aphone. La médecine de l'Éducation nationale m'avait prévenue à ma dernière visite de contrôle, l'arrêt de travail me guettait. Les professeurs parfois contractaient une maladie mentale, un genre de décompensation psychotique. Ce n'était pas systématique et j'étais sûre d'avoir la force nécessaire pour ne pas devenir cinglée. Il ne me manquait que la technique vocale pour me faire entendre. Or, je refusais d'apprendre à parler plus haut. Quand mes élèves ont commencé à m'attendre à la sortie des cours pour me dire qu'ils n'avaient rien compris de ce que je leur avais raconté, j'ai su, moi, que c'était le moment d'arrêter. Leur intelligence n'était pas en cause, la mienne, à coup sûr. Les premiers mois qui ont suivi ma démission, j'ai erré dans mon 28 $m^2$ parisien. Bientôt, je me suis cognée aux portes puis, fatalement, aux vitres. Je passais mon temps à regarder le ciel. Ce n'était pas la maladie mentale annoncée par le médecin du travail, j'attendais vraiment quelque chose, en toute conscience, mais mon objectif restait incertain. Parfois, le soir, il m'arrivait de sortir, toujours seule. Du 19e arrondissement, je remontais les boulevards de la Chapelle et Rochechouart. Mes pas me menaient au Saint-Jean, un établissement de la rue des Abbesses. M'asseoir à la terrasse de ce bar, ce n'était pas comme pousser les portes d'un monde interlope ou passer le rideau poisseux d'un sex-shop de Pigalle pour mater un porno en me masturbant. J'aurais pourtant mieux fait de me vautrer dans les fauteuils en velours mité du sexodrome du boulevard de Clichy, c'était sûrement moins con que de fixer le ciel par ma fenêtre, qui était dégueu, d'un gris glauque. Le ciel. Ma fenêtre aussi. J'avais la déchéance effarouchée, voire petite-bourgeoise. Même si désormais, je devais faire attention à ce que j'achetais. De ce point de vue, on peut dire que j'étais décadente, la perdante dans toute sa splendeur, soit je ne bouffais rien, soit je bouffais de la merde. Les économies devraient se faire sur d'autres biens de consommation que la nourriture, mais c'est toujours sur elle qu'on grappille. Quand le loyer vient à être sacrifié, c'est à ce moment-là qu'on commence à sentir le pipi de chat. Mais je n'ai jamais connu ça. En revanche, mon vieux voisin puait la créature marine échouée. Quand je descendais mes poubelles, pleines d'emballages d'une bouffe rance, je le croisais sur le palier. Nous nous disions bonjour. J'attendais qu'il soit rentré chez lui et portais mon sac-poubelle à mon nez. L'odeur de marée provenait bien de son appartement. À l'étage du dessous, il y avait Madame Vallé, un autre genre de vie à la con, causée par la maladie, une filariose lymphatique. La mairie n'avait même pas été foutue de lui mettre à disposition une aide à domicile. Du coup, je lui faisais ses courses, en même temps que les miennes. Notre panier moyen était pire que moyen, si nous atteignions les dix articles, c'était déjà beau. Elle se désolait de ressembler à un éléphant et il fallait absolument qu'elle me consulte sur cet article qu'elle avait lu dans *Le Parisien*, un type était entré au Muséum d'histoire naturelle avec une tronçonneuse à la main pour voler les défenses de l'éléphant de Louis XIV. Je ne comprenais pas pourquoi elle avait besoin de me raconter cette histoire, je ne voyais pas ce qu'elle avait d'animal, elle avait tout de l'humain dans sa merde la plus complète, quand la maladie justement lui rappelle qu'il est humain. De plus en plus souvent, le soir, je quittais ma fenêtre pour me rendre au Saint-Jean. Un homme s'asseyait à la table voisine de celle où j'avais pris l'habitude de m'installer. Il ne me regardait jamais, préférant jauger le cul des filles qui marchaient sur le trottoir en sirotant un verre de single malt. Ça me faisait chier, parce que je le trouvais beau. Il avait les cheveux jaunes et les yeux bleus, quoiqu'un peu rouges. A priori, il était moins à la dérive que moi. Reluquer des gonzesses, leurs fesses, leur poitrine ou leurs cuisses, c'est comme respirer le printemps. Je faisais du bruit avec ma paille dans mon Coca-Cola pour attirer son attention, il s'en foutait, les femmes qui passaient étaient toujours plus attirantes, j'en voyais pourtant des moches. Je suis allée parler au patron du bar, il était temps que je me remette à bosser. En vérité, je voulais exclusivement servir cet obsédé sexuel. J'attendais qu'il lève ses yeux injectés de sang sur moi, sur mon cul qui n'était pas moins ferme qu'un autre. La serveuse du soir avait rendu son tablier la veille, elle avait décroché un petit rôle dans un long-métrage, le rêve de sa vie. Dès le lendemain, je commençais en qualité d'extra. Je touchais à tout, du service à la plonge, en passant par le nettoyage des chiottes. Mes finances s'en sont trouvées améliorées et je mangeais mieux, j'étais nourrie par le bar. Madame Vallé me demandait avec insistance de lui rapporter la carte. Le menu lui faisait très envie, elle aurait aimé me passer commande. Depuis des années, elle était soumise à un régime sans graisse qui la mettait au supplice. Même sans sa maladie, elle aurait été grosse. Assez curieusement, l'entretien des toilettes était ce que je préférais. Je demandais à mon patron de m'acheter de l'Ajax en poudre. Le bruit du produit récurant sous le grattoir me remplissait de cette sensation du boulot bien fait. La peine physique avait elle aussi sa part dans mon parfait accomplissement. Je devais me plier pour atteindre l'arrière des cuvettes et j'aimais me relever avec mal aux reins. Mais c'était en vidant les poubelles dégorgeant de protections hygiéniques que je me sentais la plus importante, plus la tâche était dégradante plus je payais sans retard mon droit d'exister, une légitimité que je n'avais pas trouvée en enseignant le français au collège des Noues. Puis venait ce moment où je servais son verre de single malt au client que j'attendais chaque soir avec envie de lui. Nous nous sommes entendus très vite, il restait jusqu'à la fermeture, l'heure à laquelle je m'asseyais à sa table. Il s'appelait Paul Overey et écrivait des trucs pour la télé. Assez mauvais d'après lui. Il aurait voulu être musicien, alors il jouait les week-ends dans un groupe qui tournait un peu en province. Pas non plus la meilleure musique. Il habitait l'immeuble en face du bar et buvait tous les soirs un verre de single malt avant de rentrer, parce que c'était bon. Le cul des filles n'était pas son obsession, simplement son point de vue quand il était assis. Il trouvait que mes yeux étaient beaux, avec tout le jaune dedans. Tout de suite, il m'a demandé ce que j'entendais devenir. Les serveuses parisiennes attendent forcément « autre chose », comme celle que j'avais remplacée qui rêvait d'être comédienne et qui l'était devenue. Je lui ai dit que j'avais choisi de travailler ici, que le métier que j'espérais exercer, je l'avais pratiqué avant. Pour lui, il fallait être dingue pour bosser dans la restauration, une activité usante. Je lui ai appris que les salariés de la branche étaient au minimum protégés par la convention collective des hôtels, cafés, restaurants. Et moi, j'étais si précaire dans cette profession, si peu attachée à ce rade, embauchée en extra, que je pouvais partir quand je le souhaitais. Mais je ne le souhaitais pas, j'aimais ma fatigue à la fermeture, j'aimais le geste mécanique du torchon sec que je tournais dans les verres pour effacer les traces de rouge à lèvres. J'étais dans l'existence, les deux pieds dedans et jusqu'au cou. Paul Overey m'a prise par la main et m'a emmenée chez lui. Je n'ai pas été sentimentale, je suis allée directement à son sexe pour l'avaler. L'obsédée sexuelle, celle qui était en manque de films pornographiques, c'était moi. Je l'aimais pourtant, je l'avais si terriblement observé et attendu que je le voulais dur et concret dans mon ventre, entre mes lèvres et sous mes dents. Lui était la tendresse incarnée. Même pour les baisers, il me demandait de ne pas fourrer systématiquement ma langue dans sa bouche, de l'embrasser comme si j'étais amoureuse. Je repensais à notre panier d'hier, à Madame Vallé et à moi, pire que moyen, je n'y pouvais rien, j'étais affamée et vorace. Paul Overey a préféré en rester là. Les soirs suivants, je le voyais rentrer chez lui, il ne s'arrêtait plus au Saint-Jean ni ne me regardait, je restais pourtant plantée en terrasse pour qu'il me remarque. Cette situation me rendait malade, je vomissais dans les toilettes que je devais récurer de nouveau. N'y tenant plus, j'ai traversé la rue et l'ai forcé à m'entendre. Je me suis excusée de mon comportement, il était l'homme fait pour ma vie. Sans trace d'émotion dans la voix, il m'a répondu :

« Un jour. » Rien de plus. J'avais une dernière question : « Où bois-tu ton verre maintenant ? » Il le buvait au Sancerre, le concurrent du Saint-Jean. Avant de rentrer chez moi, j'ai chopé une bouteille de Glenmorangie dans la réserve. Je ne prenais jamais d'alcool et je l'ai engloutie. Vers deux heures du matin, je me suis sentie mal, j'avais la tête qui tournait et peur de mourir. Le cul à l'air, mon tee-shirt s'arrêtait en dessous de mon nombril, j'ai frappé à la porte de Monsieur Bernardini. Il a mis une dizaine de minutes à venir m'ouvrir, sûrement à cause de la vieillesse qui l'empêchait de bondir de son lit. Je lui ai demandé si je pouvais dormir chez lui, même si ça puait la poissonnerie. D'ailleurs, à cet instant précis, ne saisissant pas bien ce que je foutais au seuil de son appartement à moitié à poil, il ressemblait à une carpe. Comme n'importe qui d'autre dans ces circonstances, il s'est raclé la gorge et m'a raccompagnée jusqu'à ma chambre où il a remonté le drap sur mes cuisses. Je ne voulais pas qu'il parte, j'avais la trouille des ombres, je l'agrippais par la main. Il a fini par se défaire de mon étreinte. Le lendemain, vers dix-sept heures, je me suis réveillée avec une gueule de bois carabinée, mais je me souvenais de tout, notamment de mon irruption chez Monsieur Bernardini, le bas-ventre en avant. Après une douche froide et rapide, je suis allée lui présenter mes excuses. Il m'a accueillie avec le sourire : « Une peine de cœur, hein ? » Dans sa cuisine, il m'a servi un jus d'orange. Il m'a montré son évier qui refluait, un problème d'évacuation qui libérait cette odeur insupportable de crevettes avariées. Son propriétaire n'envisageait pas de travaux dans l'immédiat. Ce n'était pas très grave, il passait le plus clair de son temps en Corse, à Acqua Doria, le village dont il était originaire et là-bas, ça sentait le maquis. Il m'a demandé si ça ne me dérangeait pas de venir les après-midi lui faire la conversation. En échange, il oublierait qu'il m'avait vue le sexe nu. Pendant trois mois, nous nous sommes rencontrés tous les jours. Il me parlait de son ancienne activité de fondeur à l'Imprimerie nationale, je lui parlais de la mienne à l'Éducation, nationale pareil. Je vérifiais sa boîte à pilules, il avait un problème cardiaque et m'avait chargée de contrôler sa prise de médicaments. Le matin, il était auditeur libre à l'École du Louvre. J'avais droit à toute l'histoire de l'art, surtout au romantisme, à la sculpture et à la peinture des XVIII^e^ et XIX^e^ siècles. Lui non plus ne comprenait pas pourquoi j'avais abandonné le métier d'enseignante pour celui de serveuse. Je lui répétais que je me sentais plus utile et plus conséquente, en un mot plus travailleuse, en mettant en marche un lave-verres qu'en faisant la lecture de poèmes à des élèves qui s'en foutaient plus ou moins, là n'était pas la question. « Utile, conséquente, travailleuse… ah, la belle vie », disait-il d'un air affligé devant mon manque de discernement. Un après-midi, il n'a pas répondu à mes coups sur la porte, j'ai attendu trois jours avant de prévenir les pompiers. Ils l'ont retrouvé dans son lit, son cœur avait finalement lâché. Je me suis rendue à ses funérailles, certains de ses anciens collègues étaient là, il y avait aussi ses amis du Louvre. Madame Vallé a voulu que je lui fasse le compte-rendu de la crémation : « Moi, je ne pourrai pas être brûlée, je suis trop grosse. De toute façon, je sais ce qui m'attend : le cimetière des éléphants. » Dérangeante, cette lubie. Qu'est-ce que les éléphants avaient bien pu lui faire ? J'empilais les chaises de la terrasse quand j'ai vu Paul Overey au bras d'une jeune femme. Ils riaient et s'embrassaient sur la bouche. À en juger, sans la langue, des baisers chastes du quotidien, pas ceux des vidéoclubs du boulevard d'en bas. Il m'avait dit : « Un jour » et moi, je le croyais. En passant la porte cochère de son immeuble, il s'est retourné et m'a adressé un regard si désolé que mes larmes ont coulé silencieuses. Je me suis assise sur une pile de chaises et j'ai attendu le jour. Nous étions à la mi-mai et je ne voulais pas rester à Paris, je voulais m'éloigner de la rue des Abbesses et j'ai pensé à la Corse de Monsieur Bernardini. La saison allait bientôt débuter, les annonces étaient nombreuses, mais surtout pour les pizzaïolos. Un bar d'Acqua Doria, le village de mon voisin, avait besoin d'une serveuse pour les quatre prochains mois. J'ai téléphoné et suis tombée sur un type plutôt sympa, Noël. D'emblée, je lui ai dit que j'appelais de la part de Paul-Émile Bernardini qui était mort. Il a encaissé la nouvelle, il connaissait très bien mon voisin et personne ne l'avait averti de son décès. Le poste évidemment était pour moi. Si ça me convenait, je pouvais commencer dès la semaine suivante. Ça me convenait. Avant de partir, j'ai rendu visite à mes parents qui habitent dans la région d'Autun, ils vieillissent dans un grand jardin très bien entretenu. Ils n'ont pas voulu me faire la morale mais, quand même, que je devienne travailleuse saisonnière, ça leur foutait les boules. « Papa, tu ne te rends pas compte, bosser en saison, c'est être encore plus travailleuse, c'est se vendre au-delà de sa force de travail, c'est être exploitée… » Le problème était bien là, un vrai travailleur revendique ses droits et refuse l'exploitation. À regret, ils m'ont laissée partir. C'est sûr qu'en Corse, la convention des hôtels, cafés, restaurants n'allait plus me protéger des masses. Je n'en avais rien à foutre. En disant au revoir à Madame Vallé, je l'ai rassurée sur son sort, j'avais demandé à la concierge de s'occuper de ses courses, « À la concierge ? Mais elle est complètement tarée, elle arrose les plantes sous la pluie ! Vous revenez quand ? » Quatre mois, ce n'était pas la mer à boire. Quand je suis arrivée en Corse, Noël m'a accompagnée dans un camping de la départementale 55, c'était là qu'il logeait son personnel durant l'été. Ma caravane était vieille, assez peu fonctionnelle, mais très propre. Je l'aimais ouverte à tous les vents et au soleil. Mon boulot ressemblait à celui que j'avais à Paris, même si les horaires légaux étaient sans arrêt dépassés. Après tout, c'était ce que j'étais venue chercher. Les habitués, Monsieur Colombani, Félix, Pierre et François, étaient plutôt joyeux et, vers minuit, se mettaient à chanter. Les plus jeunes restaient jusqu'à la fermeture et m'emmenaient finir la nuit au Blue Moon, la discothèque de Porticcio. J'y retrouvais tout ce que la rive sud d'Ajaccio compte de saisonniers. Aux alentours de cinq heures du matin, je regagnais ma caravane avec, au choix, le plongeur de La Plage d'Argent, le plagiste d'A Pineta, le cuistot de l'Oriu, ou le serveur du Rustica. Leurs bras n'étaient pas assez forts pour que j'oublie Paul Overey, qui certainement ne s'était pas ému de ne plus m'apercevoir à la terrasse du Saint-Jean. Et s'il avait été triste de mon départ soudain, je préférais ne pas le savoir. Les touristes étaient nombreux à s'arrêter au bar pour me demander la route de Capo di Muro. Je ne connaissais rien des environs mais j'avais appris l'itinéraire par cœur pour les renseigner. Début septembre, Noël m'a accordé un jour de congé, j'en ai profité pour aller au cap. L'épuisement de la saison et la beauté des paysages m'ont foutue K-O. Je me suis évanouie à la pointe. François, qui travaille pour les brigades vertes, m'a retrouvée à la nuit tombée. Sur le chemin retour, pendant qu'il me soutenait, il m'a expliqué les essences, les baies de myrte et les hélichryses. Je lui ai dit qu'en perdant connaissance, j'avais cru devenir un rocher sur la mer. Il m'a répondu : « Pas de meilleur destin que celui-là. » Au bar, il a raconté comment, en faisant sa ronde, il m'avait aperçue, étendue sur le sable, au milieu des madones en plâtre. Pierre s'est marré : « Pauvre petit sac à foutre ! » Ce surnom-là, je l'avais bien cherché. Félix a gueulé : « Ne parle pas comme ça des femmes ! » L'épouse de Félix était la douceur même. Depuis une semaine, elle m'apportait des cagettes de figues blanches, elle savait que je les aimais. Félix et elle étaient à l'image de ce que j'attendais de Paul Overey et moi, deux êtres qui semblent ne pas pouvoir vivre l'un sans l'autre et qui pourtant peuvent. Quand je suis repartie en octobre, ils m'ont dit : « À la saison prochaine. » Cela fait cinq ans que je fonctionne sur ce modèle, l'hiver, je fais des extras dans un bar du 19e arrondissement, et quand le mois de mai approche, je repars pour Acqua Doria. Je n'ai jamais revu Madame Vallé, j'ignore ce qu'elle est devenue. Notre tarée de concierge n'a rien su me dire à son sujet. Je n'ai jamais cru à son histoire de cimetière des éléphants, mais j'ai fait le tour des services d'hématologie de Paris sans retrouver sa trace. Alors peut-être qu'elle a suivi ces animaux à qui elle croyait ressembler. Ce matin, je suis allongée sur la banquette de ma vieille caravane et je me dis que c'est assez de vivre comme ça. Un stylo à la main, j'écris. Je voudrais un texte que Paul Overey puisse lire, un texte qui lui dirait que je l'attends encore. Mais je ne sais pas par où commencer. Hier, en faisant le tour de Capo di Muro, j'avais un caillou dans ma chaussure, je ne l'ai pas retiré de toute la promenade.

*Le Ruppione, 20 septembre 2013*

« Ça laisse rêveur, pas vrai ? »

Ce livre a été imprimé en mai 2019 par les imprimeries Corlet, France, pour la collection Météores.


Conception graphique de la collection : Oskar
ISBN : 978-2-37055-203-7 | d.l. : printemps 2019

M 23